Las vidas perdidas

Las vidas perdidas

La apasionante historia de una mujer
que dedicó su vida a devolver la identidad
a ciento ocho niños judíos, desaparecidos durante
la Segunda Guerra Mundial

MARIO ESCOBAR

Papel certificado por el Forest Stewardship Council®

Primera edición: marzo de 2023

© 2023, Mario Escobar
Autor representado por Bookbank Agencia Literaria
© 2023, Penguin Random House Grupo Editorial, S. A. U.
Travessera de Gràcia, 47-49. 08021 Barcelona

Printed in Spain – Impreso en España

ISBN: 978-84-666-7499-7
Depósito legal: B-1.011-2023

Compuesto en Llibresimes

Impreso en Black Print CPI Ibérica
Sant Andreu de la Barca (Barcelona)

BS 7 4 9 9 7

*A Elisabeth, Andrea y Alejandro, que
visitaron conmigo Lyon y me acompañaron
en este viaje de memoria, historia y pasión
por la libertad*

*A los ciento ocho niños y otros muchos que
lograron escapar de las garras del nazismo
y que con su vida realizaron el mayor
acto de rebelión que existe contra la tiranía:
ser felices*

Y la hija de Faraón descendió a lavarse al río, y paseándose sus doncellas por la ribera del río, vio ella la arquilla en el carrizal, y envió una criada suya a que la tomase. Y cuando la abrió, vio al niño; y he aquí que el niño lloraba. Y teniendo compasión de él, dijo: «De los niños de los hebreos es este». Entonces su hermana dijo a la hija de Faraón: «¿Voy a llamarte una nodriza de las hebreas, para que te críe este niño?». Y la hija de Faraón respondió: «Ve». Entonces fue la doncella, y llamó a la madre del niño, a la cual dijo la hija de Faraón: «Lleva a este niño y críamelo, y yo te lo pagaré». Y la mujer tomó al niño y lo crio. Y cuando el niño creció, ella lo trajo a la hija de Faraón, la cual lo prohijó, y le puso por nombre Moisés, diciendo: «Porque de las aguas lo saqué».

Reina Valera, 1960, *Éxodo* 2:5-10

Basta que exista un solo hombre justo para que el mundo merezca haber sido creado.

Talmud

En algunas ocasiones no es nada más que una puerta muy delgada lo que separa a los niños de lo que nosotros llamamos mundo real, y un poco de viento puede abrirla.

Stefan Zweig

No os llevaréis a los niños.

Los Movimientos unidos
de la Resistencia

Los personajes de esta novela son reales, pero algunos de los acontecimientos se han cambiado para una mayor comprensión de la historia y para proteger la intimidad de los supervivientes que continúan con vida.

Introducción

Cuando escribimos una novela histórica describimos parte de un mundo que ya no existe, que poco a poco ha desaparecido para dejar lugar a otra cosa. Algún día nosotros también seremos historia, sacudidos por el impetuoso viento del tiempo. Las imágenes grabadas en nuestras pupilas, la suma de emociones y las experiencias que todos representamos desaparecerán para siempre. Esa futilidad de la vida nos convierte en gigantes y al mismo tiempo en pigmeos, como si la única forma de seguir existiendo consistiera en encaramarnos a la generación que nos sucederá y susurrarles algunas frases al oído. En el fondo eso es la literatura: el susurro de gente que ya no está. Pero ¿por qué es tan importante y necesario que los libros nos sigan bisbiseando?

Lucien Lazare, un resistente y escritor judío de origen francés, en su magistral libro *Le Livre des Justes* nos narra cómo la salvación de un bebé en las orillas del río cambió el curso de la historia. El faraón había ordenado el exterminio de todos los hebreos, y una de las pobres madres, que no quería ver morir a su hijo, decidió meterlo en una cesta y depositarla sobre las peligrosas aguas del Nilo. Su destino parecía inevitable, pero aquel día había salido a bañarse la hija del faraón, uno de los mayores genocidas de niños de la historia; la mujer salvó al niño y con aquella hazaña anónima permitió que el futuro legislador y libertador Moisés lograra vivir.

La memoria de la mayoría de los llamados «justos», de los hombres y mujeres no judíos que arriesgaron su vida para salvar a sus vecinos, amigos, compañeros de trabajo o simplemente desconocidos, ha desaparecido en el inevitable fluir del tiempo. Héroes anónimos cuyo único propósito era hacer el bien y actuar según su conciencia. De los algo más de mil «justos» reconocidos por la comunidad internacional en Francia, se calcula que representan como mucho el diez por ciento de todos los que hicieron algo por su prójimo y lo salvaron de una muerte segura. Gracias a estos «justos desconocidos», la mitad de los judíos que había en Francia tras la ocupación no fallecieron. La mayoría de ellos eran niños.

Las vidas perdidas es la historia de un acto heroico sin precedentes en la Europa ocupada por los nazis. Un grupo de instituciones y personas de diferentes ideologías y creencias se unieron para acometer la mayor operación de rescate organizada durante la guerra. El cardenal Gerlier, Charles Lederman, monseñor Salège, el médico Joseph Weill, el pastor protestante Boegner, el padre Chaillet, las trabajadoras sociales Elisabeth Hirsch y Hélène Lévy y Maribel Semprún, entre otros, salvaron a ciento ocho niños del campo de concentración de Vénissieux, a las afueras de Lyon. Esta novela cuenta su experiencia, pero también la de la historiadora francesa Valérie Portheret, que a sus veintitrés años emprendió una emocionante investigación sobre el rescate de los niños de Vénissieux, y la búsqueda, durante más de veinticinco años, de esos niños perdidos, tras descubrir una caja con las fichas de los pequeños y tomar la decisión de devolverles la identidad.

Descubrí la historia de Valérie Portheret cuando investigaba para mi anterior novela *La casa de los niños*, en un artículo de *Le Monde*. Desde el primer momento, al igual que Valérie dedicó veinticinco años de su vida en recorrer Europa, Israel y América para restituir la identidad de esos niños, sentí la necesidad de mantener viva esa cadena que es la memoria y que si se rompe nos dejará a todos sin nombre.

En el verano de 2022, mientras paseaba por las calles de Lyon y me acercaba al Centro de Historia de la Resistencia y la Deportación, abierto en la École du service de Santé des armées de Lyon-Bron, antigua sede de la Gestapo y donde el famoso oficial de las SS Klaus Barbie torturó a cientos de personas, me imaginé el miedo y la desesperanza de todos los que lucharon por la libertad en aquellas horas oscuras.

En la cuesta de los Carmelitas, donde ocultaron a los niños, me paré ante la fachada imponente del convento, el mismo lugar en el que los gendarmes franceses esperaban agazapados para asaltar el edificio y capturar a ciento ocho niños inocentes, e intenté visualizar cómo el horror había sido en otro tiempo el amo y señor de esta ciudad de aspecto decadente. Después visité el sitio en el que hace unos años se colocó la placa del campo de Vénissieux, el único vestigio que queda de aquel campo de concentración francés. El tiempo parecía haber borrado las huellas de tanto dolor, todavía hoy, si te concentras un poco, se pueden oír los lloros ahogados de las madres que debían separarse de sus hijos para siempre, los gritos de los niños que con sus manos extendidas veían a sus familias alejarse en la más oscura de las noches del alma. Sirva este libro como homenaje a todos ellos.

Madrid, 15 de septiembre de 2022

Prólogo

Alba-la-Romaine, 10 de abril de 1942

Rachel llevaba colgado a la espalda el violín; la funda se encontraba desgastada y la piel negra comenzaba a ajarse como las manos de su abuela, a la que no veía desde que tenía poco más de tres años. El instrumento la había acompañado en su largo viaje desde Polonia, Alemania, Bélgica y, más tarde, París. Su casa en Charleroi parecía tan lejana como aquella mañana en la que un oficial belga llamó a su puerta y le dijo a su padre que era mejor que escaparan y lo dejaran todo atrás, antes de que comenzaran las detenciones y deportaciones de judíos a Alemania. Aquel mismo día, Zelman tomó a su exmujer Chaja, a su nueva esposa Fany y a la niña para huir de allí. Lograron subir en el último camión que salía hacia la frontera en dirección a Francia. Después de un largo y tortuoso camino llegaron a París, y aquella ciudad tan hermosa y hostil al mismo tiempo, donde uno se sentía tan insignificante y pequeño, se convirtió en su hogar.

Su padre encontró una pequeña buhardilla y sobrevivieron con su trabajo de peluquero hasta que dieron por perdida la guerra. Escaparon por las abarrotadas carreteras que llevaban hasta el sur, como cientos de miles de franceses; la mayoría de aquellos refugiados se dirigía a Burdeos, pero su familia cambió de rumbo hacia Valence y desde allí llegó a la pequeña y provinciana Alba-la-Romaine. La villa había sido fundada por los romanos y aún presumía del imponente puente sobre el río Escoutay y su teatro romano, uno de los mejor conservados en Francia. Rachel amaba la soledad de las ruinas romanas a las afueras de la ciudad, en especial el teatro, un lugar que había visto tantas alegrías y tristezas a lo largo de los siglos.

Aquella mañana la niña se sentía especialmente triste: unos gendarmes habían ido a primera hora de la mañana a por su padre. Las cosas se habían torcido con rapidez en los últimos meses. Primero le habían impedido atender a clientes no judíos y desde entonces Zelman se pasaba los días llamando a las puertas de los vecinos para ver si alguien quería un corte de pelo. Después le prohibieron salir de la localidad y, por último, se lo habían llevado a la fuerza con el fin de que trabajara para los nazis. Aquel invierno había sido muy duro para la familia; sin dinero para comprar leña o carbón, se pasaban el tiempo metidos en la cama, cubiertos con varias mantas, combatiendo así el frío.

El rostro de su padre mientras se lo llevaban no podía mostrar más desolación: los ojos hundidos por el miedo, la cara cubierta por aquella barba negra donde las canas poco a poco habían endulzado su rostro, las arrugas que en los últimos años le habían cubierto la frente y empequeñecido los ojos negros y expresivos. Aún resonaban en su mente sus últimas palabras:

«No pierdas el violín y sigue tocando. Cada vez que lo hagas sentirás que yo estoy cerca».

Rachel se sentía muy sola. Las compañeras de clase ya no le hablaban, ni siquiera Ana, su amiga del alma, con la que había soñado tantas veces convertirse en una famosa concertista.

La niña sacó el violín, que aún le quedaba algo grande a pesar de haber cumplido los ocho años, lo apoyó en su barbilla, se puso de pie en las gradas del teatro, donde hacía centenares de años se habían representado obras y escuchado el sonido apacible de las arpas y el estruendoso retumbar de los tambores. Después cerró los ojos y dejó que la música la transportase a otro lugar, en el que nadie pudiese hacerle daño, como si aquellas notas arrojadas al viento pudieran convertirse en una oración, un ruego por su padre, por todos los padres que habían tenido que dejar a sus familias, con el deseo de que regresaran pronto a casa.

Mientras la música robaba al canto de los pájaros su magia, los párpados cerrados de Rachel no pudieron impedir que las lágrimas los rebosasen. Su madre le dijo una vez que los que un día sembraron el mundo con sus lágrimas las segarán con júbilo y regresarán con gritos de alegría. Que hay un dolor que produce gozo, que nos convierte en seres más fuertes y capaces de ponernos en el lugar de los que sufren. Pero ella en aquel momento lo único que sentía era una tristeza infinita y un profundo temor.

PRIMERA PARTE

Un pequeño infierno

1

Tesis

Lyon, 20 de septiembre de 1992

Habían pasado cinco años del sonado juicio de Klaus Barbie, al que muchos conocían como el «carnicero de Lyon», y Francia quería olvidar. El mundo se transformaba rápidamente, el telón de acero había caído unos años antes y la vieja prisión en la que el oficial nazi había cumplido condena ahora descansaba de su molesto invitado. Barbie había muerto un año antes y muchos viejos colaboracionistas respiraron tranquilos: el pasado regresaba de nuevo al lugar del que jamás debía haber salido, el olvido.

Valérie se dirigió a la Universidad de Jean Moulin Lyon III, la imponente fachada estaba ensombrecida por el hollín que cubría sus formas monumentales. La Facultad de Derecho ostentaba el nombre de uno de los héroes de la Resistencia francesa durante la Segunda Guerra Mundial, pero todo el mundo sabía que era un bastión de la extrema derecha y el antisemitismo. La joven estudiante tenía la intención de investigar sobre las deportaciones de judíos de la ciudad. Aún guardaba en la memoria las sesiones televisadas del juicio de Barbie y sentía que debía hacer algo por recuperar la memoria de los judíos lioneses expulsados a Alemania.

Había quedado en el edificio con Jean-Dominique Durand, profesor de Historia contemporánea en la universidad y un decidido defensor de la recuperación de la memoria histórica de los judíos franceses.

Valérie saludó al profesor y se sentó a la mesa de la cafetería de la facultad.

—Muchas gracias por recibirme, profesor. Estoy muy interesada en el estudio de los judíos en Francia, pero no encuentro a nadie que quiera ayudarme con la tesis.

Jean-Dominique miró a un lado y al otro, nunca se sabía quién podía estar escuchando. La extrema derecha crecía cada vez más y aquella facultad era un verdadero nido de fascistas.

—Intentaré apoyarla en todo lo que necesite.

La joven se encogió de hombros y sonrió. Su rostro era bello, los ojos negros reflejaban una energía especial y su cuerpo delgado apenas se intuía a través de la ropa holgada que llevaba.

—¿Por dónde puedo empezar?

—El tema es muy amplio. Primero debería concretar un poco.

La estudiante se quedó pensativa. Al principio le

había atraído investigar sobre la figura de Klaus Barbie y su papel en la deportación de los judíos de Lyon, pero ahora, tras algunas semanas leyendo sobre el tema, cada vez se inclinaba más por investigar cómo habían sufrido los niños judíos a causa de las deportaciones.

—Los niños —se atrevió a musitar.

El profesor frunció el ceño, como si no la entendiese.

—¿Qué niños?

—Los niños judíos, ellos son los que realmente me interesan. No entiendo cómo cualquier régimen es capaz de plantearse el exterminio de niños inocentes.

El profesor se encogió de hombros.

—La barbarie es el estado más primitivo del ser humano. Hegel y otros filósofos creían que la humanidad se dirigía a una época de bienestar y que el progreso era imparable. Marx y Darwin también se unieron a esta visión positiva del progreso, pero tras dos guerras mundiales, varias pandemias y crisis económicas, hoy no podemos decir que la humanidad avance decidida hacia ningún progreso. La narrativa que nació en la Ilustración ya no se sostiene, y el comunismo soviético y el nazismo son la mejor prueba de ello.

—Lo tengo claro: me gustaría investigar qué sucedió con los niños de Lyon.

—Entonces le recomendaría que comenzara por Le Centre de Documentation sur la Déportation des Enfants juifs de Lyon. El archivo se creó en mil novecientos ochenta y siete, durante el juicio a Klaus Barbie, para recopilar todos los datos posibles sobre los niños deportados de Lyon entre los años mil novecientos cuarenta y dos y mil novecientos cuarenta y cuatro.

Valérie apuntó el nombre del centro. No era mucho para comenzar, pero intentaría recabar más información en la asociación. Sabía que el camino no sería sencillo; muchos querían olvidar una de las épocas más ignominiosas de la historia de Francia, pero ella estaba dispuesta a sacrificarlo todo para que la memoria de esos niños no quedara en el olvido.

2

Una mañana perfecta

Vichy, 2 de julio de 1942

Louis Darquier de Pellepoix dio un puñetazo sobre la mesa; su frente amplia se arrugó y sus ojos fríos se encendieron unos instantes. A sus cuarenta y cinco años, aquel furibundo antisemita había sido nombrado director de la Oficina de Asuntos Judíos y estaba impaciente por echar a todos los judíos de Francia. Pierre Laval, que acababa de recuperar su cargo como primer ministro, no estaba tan seguro de que fuera buena idea entregar los judíos franceses a los alemanes.

—Debemos contar con el apoyo de la Iglesia. Varios obispos se han mostrado contrarios a la deportación de los judíos, también algunos pastores protestantes, y el mariscal Pétain no quiere desagradar al cardenal Gerlier: son amigos de toda la vida.

Darquier empezó a maldecir, dejando que perdigones de saliva mancharan las órdenes que tenía encima de la mesa. Estaba tan furioso que el resto del gabinete lo miraba con cierto temor.

—Pues que expulsen primero a los que no son franceses. Esa escoria judía lleva desde mil novecientos treinta y tres disfrutando del estatuto de refugiados en nuestro país. Si los judíos franceses, con sus literatos libertinos y pintores decadentes, ya habían destruido la cultura centenaria de nuestra amada nación, esos extranjeros degenerados han acelerado el proceso de descomposición de la sociedad.

—También debemos contar con la policía. Puede que algunos gendarmes aleguen objeción de conciencia.

Pierre Laval, cuyo aspecto se asemejaba más a un argelino o siciliano que a un ario, se mesó el bigote mientras los miembros de su gabinete dirimían cuál era la mejor forma de actuar con los judíos de Francia. Sabía que tenía que andar con pies de plomo: ya había perdido en una ocasión la confianza de Pétain y solo la presión de los nazis le había permitido recuperar su puesto. Aquellos dos años de políticas erráticas y mojigaterías habían permitido que los curas criticaran al Gobierno; aunque él era oficialmente católico, lo único que conservaba de su etapa en la Sección Francesa de la Internacional Obrera eran sus ideas ateas y anticlericales. Por supuesto, se reservaba dichas opiniones: el mariscal era un beato y creía que todas las soluciones de Francia pasaban por la cristianización del país.

—Hay que ponerse en marcha, antes de que termine el mes debemos enviar una partida de judíos a Alemania, pero por ahora no toquemos a los que sean franceses. Debemos actuar con astucia: si los alemanes ven que no podemos controlar la Francia Libre no dudarán en ocupar el resto del país.

Laval dio por zanjada la conversación y todos los ministros abandonaron la sala menos Darquier, que se acercó a él con los puños apretados.

—Los nazis se van a enfadar, quieren terminar con el problema judío lo antes posible.

—No se preocupe, Darquier. Todo a su debido tiempo; si perseguimos a todas las ratas, se esconderán y será mucho más difícil exterminarlas. Todo a su debido tiempo...

El primer ministro salió a los hermosos jardines de Vichy. El calor comenzaba a golpear con fuerza aquella mañana, pero al lado de las fuentes y bajo los árboles centenarios, se respiraba frescura y vida. Se secó la frente con un pañuelo blanco y se aflojó un poco el cuello de la camisa. Su pueblo, Châteldon, donde su padre tenía unos modestos cafetales, viñedos y algunos caballos, no se encontraba muy lejos de Vichy. Pierre se sentía en aquella tierra como un pequeño señor feudal; a veces creía que el destino le había colocado en una época que no le correspondía. Se dirigió a su residencia, donde su querida esposa Jeanne le esperaba para tomar café. Un dulce día más para disfrutar de la vida y mirar al futuro con optimismo, se dijo mientras caminaba bajo las sombras de los imponentes árboles y trataba de olvidar los trasuntos de la política y la pesada carga de su puesto. Sin duda, era muy difícil salvar a Francia, pero él estaba dispuesto a sacrificarse por su amado país.

3

La sombra de la muerte

Alba-la-Romaine, 26 de agosto de 1942

El día anterior había sido un día feliz, algo que no solía sucederle a menudo. Había podido ver a su padre por unos instantes y charlar con él. Rachel echaba mucho de menos a Zelman, que seguía encerrado; llevaba meses condenado a realizar trabajos forzados, aunque su único delito era ser judío y extranjero. Chaja, su madre, había desaparecido unas semanas después de que encerrasen a su padre y ahora ella vivía sola con Fany. Cada vez les costaba más subsistir: su madrastra hacía algunos pequeños trabajos, pero apenas podían comer una vez al día.

Rachel recordaba las últimas palabras de su padre antes de que regresaran a casa: «No volváis al pueblo, se está preparando una redada y esta vez no se conformarán con los hombres». Fany le había contestado que era imposible que los gendarmes franceses capturasen a mujeres y niños inocentes.

Oyeron los golpes en la puerta, eran poco más de las cinco de la mañana y las dos estaban profundamente dormidas. Fany miró a su hijastra y percibió el brillo de los ojos de la niña en medio de la oscuridad. Desde que habían capturado a su padre, dormían en la misma cama.

—Tranquila, tiene que tratarse de un error —dijo para tranquilizar a la pequeña. Se puso la bata y se dirigió descalza hacia la puerta.

—¿Quién es?

—¡Policía! ¡Abra de inmediato!

La voz ronca y fuerte le hizo terminar de despertarse.

—Espere un momento.

—¡Abra de inmediato o tiraremos la puerta abajo!

El corazón de Fany se aceleró, se quedó bloqueada unos instantes, pero al final abrió la puerta. Dos gendarmes la observaron desde el rellano, llevaban la porra en la mano y un papel que le pusieron delante de los ojos.

—¡Usted y todos los miembros de la casa tienen que acompañarnos ahora mismo!

—No hemos hecho nada malo.

El gendarme más mayor miró al pasillo totalmente a oscuras y, como si por un instante pareciera compadecerse de la mujer, le dijo:

—Tome sus cosas, la esperaremos. Ya le explicarán todo en el destino. Es un asunto burocrático.

Las palabras del policía lograron calmarla un poco. Se dirigió a la habitación. Rachel estaba sentada en la cama y se frotaba los ojos, como si no se creyera lo que estaba sucediendo.

—Tenemos que acompañar a los gendarmes.

—¿A dónde?

—No lo sé, pero ya nos informarán cuando lleguemos.

Rachel temblaba de miedo, pero Fany la abrazó y por unos segundos sintió que se tranquilizaba un poco. Después guardaron algo de ropa y comida en una maleta y se dirigieron a la entrada. Estaban despeinadas, con los botones de la chaqueta mal abrochados y unas ojeras profundas que reflejaban su angustia.

Cuando llegaron a la calle, en penumbra y completamente vacía, sintieron el frío de la madrugada a pesar de que estuvieran a finales de agosto. Les hicieron caminar hasta un autobús. El conductor frunció el ceño al verlas entrar.

—Siéntense donde quieran —comentó el gendarme.

Los dos policías se acomodaron en la parte delantera.

Fany y Rachel caminaron por el pasillo, apenas había unos pocos asientos ocupados. La gente agachaba la cabeza al verlas pasar, como si se avergonzasen de formar parte de aquel convoy macabro. Se sentaron en una de las últimas filas después de colocar la maleta sobre el asiento.

—Tengo miedo —susurró la niña.

—Todo va a salir bien —contestó Fany sin mucho convencimiento; temía que las encerrasen en algún campo como habían hecho con su marido y las enviaran a Alemania.

Rachel se acurrucó en el regazo de la mujer e intentó descansar un poco, aún era de noche y las únicas luces que se proyectaban en el interior eran las de las farolas de la calle.

Salieron del pueblo, el ruido del motor terminó por relajar a las dos mujeres, que cayeron en un profundo sueño. Cuando el vehículo paró en el pueblo vecino y los gendarmes descendieron, todos se despertaron de nuevo.

Un chico que estaba cerca del conductor tiró de la palanca de apertura de la puerta y salió corriendo. Los gendarmes, que apenas se habían alejado unos metros del autobús, se dieron la vuelta y comenzaron a perseguirlo. Rachel miró con angustia al chico que corría hacia el bosque, pero el gendarme más joven logró darle alcance y, tras golpearle varias veces en la cara, lo llevó de vuelta.

El conductor abrió la puerta y el gendarme empujó al muchacho.

—¡Controle esa maldita puerta o acabará en el mismo campo que estos judíos!

La amenaza pareció surtir efecto. El hombre se puso de pie y se quedó enfrente de la puerta para impedir el paso.

El muchacho caminó con dificultad hasta su asiento y se derrumbó en él. Rachel cruzó una mirada con el chico: tenía varios golpes en la cara y le sangraba una ceja.

Los gendarmes regresaron con cinco personas y las hicieron entrar en el autobús. Repitieron la misma operación cinco veces, hasta que el vehículo estuvo lleno, pero aún les quedaba un largo viaje hasta Lyon.

4

Alexandre Glasberg

Lyon, 26 de agosto de 1942

El padre Alexandre Glasberg había recibido la visita de Gilbert Lesage veinte días antes para advertirle de lo que el Gobierno de Vichy estaba a punto de consentir. Gilbert era el jefe del Servicio Social para Extranjeros, pero también uno de los protestantes más conocidos de la ciudad. En los años treinta había viajado con los cuáqueros a Alemania para ayudar a niños judíos que sufrían en sus carnes las discriminaciones de las famosas Leyes de Núremberg, por lo que su espíritu combativo contra los nazis había nacido antes de que estos ocuparan el país. Había estudiado Arquitectura de joven, pero optó por dedicar su vida a los más desfavorecidos. Era un pacifista convencido, a quien le horrorizaba lo que estaba sucediendo por toda Europa y estaba decidido a no quedarse de brazos cruzados.

Gilbert había acudido a la vicaría para solicitar la ayuda del sacerdote, pues sabía que este era de origen judío, un emigrante ucraniano que había sufrido en sus carnes las persecuciones de los soviéticos en su país.

Alexandre y Gilbert habían puesto en alerta a un grupo de personas destacadas de la ciudad que se oponían a la ocupación alemana y al colaboracionismo de Vichy, sobre todo desde el regreso del primer ministro Laval al Gobierno.

Aquella mañana, conscientes de que en unas horas miles de judíos serían apresados en todo el departamento, Alexandre Glasberg tenía una reunión urgente con Gilbert y otros simpatizantes de la causa. Los dos hombres sabían que Alexandre Angeli, el prefecto de la región, estaba dispuesto a contentar al secretario general de la policía, René Bousquet, aunque eso supusiera la detención ilegal de miles de personas.

Gilbert llamó a la puerta del número 17 de la rue de Marselle, donde Alexandre tenía su oficina, y subió hasta su despacho. El sacerdote le esperaba sin disimular su nerviosismo.

—Ya han empezado las redadas —le adelantó Gilbert, quien había visto las órdenes con sus propios ojos.

—Es el primero en llegar, pero en cuanto estemos todos veremos qué podemos hacer —dijo el sacerdote.

—No quiero ser pesimista, pero cuando en julio se obligó a trece mil judíos adultos a ingresar en las partidas de trabajo, nadie movió un dedo.

Alexandre Glasberg conocía muy bien lo sucedido: había pedido a varios obispos que se opusieran a la medida, pero ninguno lo había hecho, al menos públicamente. Aquellos pobres diablos eran extranjeros y judíos, gente prescindible que no interesaba a la Iglesia católica, que en esos momentos estaba más preocupada por recuperar sus privilegios tras la llegada del mariscal Pétain al poder.

—Ahora se trata de niños, mujeres y ancianos. No podrán mirar hacia otro lado —dijo el sacerdote a sabiendas de que no siempre se cumplía la lógica humana, sobre todo cuando oponerse al invasor podía suponer la detención o, peor, la muerte.

Oyeron la puerta y vieron entrar a Pierre Chaillet, un jesuita que se había mostrado muy activo en la defensa de los niños. Chaillet se había unido a otros hermanos para combatir al invasor, tenía colaboradores como el padre Lubac y el padre Bockel. Era profesor de Teología en la Universidad de Lyon, lo que le permitía mantener numerosos contactos con alumnos y profesores. Dirigía una revista que fomentaba el enfrentamiento y la resistencia contra los nazis. De hecho, aquel mismo año había fundado Amistad Cristiana, una asociación en la que participaban protestantes, católicos y judíos proporcionando ayuda a niños refugiados.

—Siento la tardanza, pero hay muchos controles en las calles, se huele en el ambiente que los gendarmes están actuando contra los judíos.

—No se preocupe —contestó el padre Glasberg.

—El alcalde y el pastor Boegner no vendrán, pero están de nuestro lado.

—El cardenal Gerlier también nos apoya y todos saben lo amigo que es del mariscal Pétain.

Llegaron a la oficina Marcelle Trillat y Denise Grunwald, responsables del Servicio Social de Extranjería. Un minuto más tarde entraron los últimos componentes de la reunión, el matrimonio Garel.

—Ya estamos todos —comentó Glasberg.

—Esta es la tercera reunión que tenemos y ya no podemos postergarlo mucho más. Sabemos que hoy llegarán la mayoría de los extranjeros judíos al campo de Vénissieux —empezó Gilbert, que no soportaba la actitud burocrática de algunos miembros de aquel comité de urgencia.

—Hemos comprobado que según la ley hay una lista de exenciones. No se puede deportar a ancianos, enfermos, mujeres embarazadas y menores no acompañados. Tampoco a héroes de guerra que hayan luchado en el ejército francés. Necesitaremos obtener el mayor número de informes y documentos en un tiempo récord. No creo que los nazis tarden mucho en llevarse a todos los judíos —dijo Marcelle.

—Lo primero que necesitamos es que una parte del equipo vaya al campo de Vénissieux, hay que conseguir el registro completo de los prisioneros; después intentaremos trabajar de forma coordinada con los archivos y las embajadas. Tenemos que salvar al mayor número de personas posible —añadió Pierre.

—No será fácil, el prefecto y el jefe de la policía

harán todo lo posible por completar sus cuotas de refugiados. A veces tengo la sensación de que esa gente no tiene alma —dijo Denise.

—Será mejor que cada uno ocupe su puesto, cada minuto cuenta —comentó el padre Glasberg poniéndose de pie—. ¡Que Dios nos ayude!

5

La llegada

Campo de Vénissieux, 26 de agosto de 1942

Las horas se hicieron interminables, la sed comenzaba a hacer estragos entre los refugiados. El autobús se encontraba atestado, el calor asfixiante había deshidratado a un par de bebés y hecho perder el conocimiento a varios ancianos. Algunas mujeres se esforzaban en abanicar a los más débiles y los niños sacaban la cabeza por la ventanilla como peces fuera de una pecera. Rachel tenía el cuerpo empapado en sudor; Fany le había dado un poco de chocolate medio derretido.

—Llegaremos pronto —dijo para animarla, pero la niña apenas se movía, ahogada por el calor y el agotamiento.

El gendarme mayor, que habían sabido que se llamaba Antoine, caminaba por el pasillo intentando tranquilizar a la gente. Dio un poco de agua a los ancianos más débiles y al pasar al lado de Rachel no pudo evitar pararse y quedarse un rato mirándola.

—No te preocupes, niña, tengo una hija de tu edad. Os llevan a un campo de trabajo, pero os tratarán bien. La gendarmería de Francia no permitirá que os pase nada malo.

Fany le agradeció el gesto al policía. Sabía que lo único que hacía era cumplir órdenes, aunque a veces se preguntaba si alguien, en el fondo, estaba de acuerdo con aquel comportamiento inhumano. A ella, que se había criado en Bélgica, le costaba creer que el mundo se hubiera vuelto tan loco y que todo aquel odio hubiera estado oculto, esperando el momento oportuno para aflorar. Había visto cómo les habían tratado en París; su llegada a Alba-la-Romaine, donde habían hacinado a todos los refugiados en una fábrica abandonada sin agua potable ni calefacción.

El policía siguió su ronda hacia la parte delantera del autobús cuando una mujer vestida con un abrigo de pieles a pesar del calor sofocante lo detuvo. Llevaba a dos pequeños gemelos vestidos con un absurdo uniforme de marineritos.

—Señor gendarme, si me deja salir puedo pagarle mucho dinero. Mi esposo era dueño de una joyería muy famosa en Valence, tenemos una gran suma de dinero oculta.

El gendarme frunció el ceño, apartó con desdén el brazo que la mujer le había agarrado y continuó su camino. No llegó muy lejos: otra mujer le interpeló de nuevo.

—Señor, si libera a mi familia haré lo que usted quiera —le susurró al oído.

—Señora, por Dios —contestó el gendarme, y se sentó de nuevo junto a su compañero.

Pararon en un paso ferroviario; al autobús se le había unido media docena de transportes, y formaban un pequeño convoy. Aprovechando que los vehículos se encontraban detenidos en el paso a nivel con barrera, una mujer sacó a su hijo de unos cinco años por la ventana. El pequeño cayó al suelo polvoriento. Tardó unos segundos en reaccionar, parecía que se hubiera hecho daño en el brazo derecho, pero después echó a correr hacia unos campos de maíz. Se abrieron las puertas de un par de autobuses y dos gendarmes le siguieron a la carrera. El resto se quedó vigilando por si alguien más imitaba aquella huida desesperada.

El niño corrió como alma que lleva el diablo hasta que consiguió entrar en los cultivos y desapareció entre los maizales. La gente empezó a jalearle y animarlo desde los autobuses. Un anciano que estaba sentado detrás de Fany y que se llamaba Jacob dijo:

—Todos tendríamos que hacer lo mismo, algunos de nosotros podríamos conseguirlo.

—¿Huir a dónde? —le preguntó la mujer. Sabía que desde julio las autoridades habían estado cazando a los judíos como si fueran conejos, lo único que les quedaba esperar era la clemencia del Gobierno de Francia o que la guerra terminase pronto.

—Mi familia intentó marcharse a Australia, pero ¿sabe lo que dijo el embajador australiano en la Conferencia de Évian? Dijo que en su país no había ningún problema racial y que no iban a llevar a medio millón de judíos para crearlo. Nadie nos quiere; nosotros escapamos de Viena cuando cayó en manos de los nazis. A mí me hicieron limpiar las calles de la ciudad de rodillas y secarlas con la barba mientras no dejaban de propinarme patadas. ¿Sabe quién me hizo eso? Fueron mis alumnos. Era profesor de bachillerato, daba filosofía y la mayoría de mis estudiantes me adoraba un año antes, pero cuando Hitler ocupó Austria todo el mundo se volvió loco. Viena había sido la ciudad más tolerante con los judíos del Imperio austrohúngaro.

Los dos policías volvieron sin el niño, que al parecer había logrado escapar con éxito. La madre estaba contenta, tenía un bebé en los brazos y en el fondo pensaba que su hijo estaría mejor en cualquier sitio que en manos de aquellos vendidos a los nazis.

La mujer de al lado frunció el ceño algo molesta y le dijo:

—¿Se ha vuelto loca? Es peligroso que su hijo esté solo por el campo, puede caerse en una zanja o que le pique una serpiente o un alacrán.

—Prefiero eso a que le lleven como ganado al matadero.

—Nos llevan a trabajar, los nazis nos necesitan para ganar la guerra —dijo Jacob al escuchar la conversación de las dos mujeres.

—Eso pensaron los armenios en mil novecientos quince, y los turcos mataron o dejaron morir de hambre a varios millones.

En cuanto los autobuses se pusieron en marcha muchos sintieron un gran alivio. Ahora al menos entraba algo de aire por las ventanas gracias al movimiento.

Una hora más tarde llegaron a las puertas del campo de Vénissieux, unos pabellones largos de ladrillo sobre los que hondeaba la bandera de Francia.

6

Justus

Justus Rosenberg apenas se acordaba de su familia en Danzig. Había logrado huir de la ciudad en 1940, poco antes de que los nazis la ocupasen. Su padre era un relojero famoso, tenía la mejor clientela de Europa y antes de la llegada de los nazis había preparado una vía de escape para su mujer Sara y su hija Ruth, pero al final todo se fue al traste. Envió a Justus por barco a Calais el día anterior a la llegada de los alemanes; ellos iban a salir una semana más tarde, cuando tuvieran todos los asuntos en orden, pero ya no pudieron huir. Los nazis habían aislado a todos los judíos en guetos y Justus no había vuelto a saber nada más de ellos. El joven había pasado unos meses en París estudiando en el Lycée Janson-de-Sailly, pero tras la ocupación nazi de la capital se había trasladado a Toulouse, donde habían acogido a algunos de los refugiados en el cine Pax. Allí había conocido a dos mujeres jóvenes, una de ellas norteamericana. La mujer le había conducido hasta Marsella, donde se estaba organizando un comité de rescate para intelectuales franceses y de otros países que se encontraran en peligro. El Gobierno estadounidense había enviado a Varian Fry para hacerse cargo de todo y, durante algún tiempo, Justus le había servido de correo. Cuando en agosto de 1941 Fry había regresado a Estados Unidos no se lo había podido llevar con él. El joven intentó escapar por la frontera, pero fue detenido. Afortunadamente el juez se apiadó de él y solo le puso una pequeña multa.

Después de su periplo se asentó en Grenoble, donde una anciana le había acogido en su casa por una módica suma. Su dinero comenzaba a escasear y cada vez se sentía más angustiado. Su padre le había comentado que si alguna vez se encontraba en apuros en Francia intentase cruzar la frontera hacia España, por eso estaba dispuesto a intentarlo de nuevo. Uno de sus tíos estaba en Alemania, lo había visto antes de escapar a Francia, pero el otro residía en Marruecos, en el protectorado español.

Aquella mañana, cuando los gendarmes llegaron a la casa donde se alojaba, le pillaron desprevenido.

—¡No pueden llevarse al muchacho! ¡No ha hecho nada malo! —les increpó la señora Damour, aunque ella sabía que el joven estaba ayudando a los estudiantes de la Universidad de Grenoble, organizando con ellos a la Resistencia.

—Señora, su huésped es judío. Tiene que ser ingresado en un campo de internamiento.

La anciana de pelo plateado se aferró al joven ante la insistencia de la policía.

—¿Desde cuándo es un delito en Francia ser judío?

—Cumplimos órdenes.

Los gendarmes tiraron del joven y la mujer cayó al suelo.

—Señora Damour —dijo Justus.

—No te preocupes, hijo. Cuídate, te tendré en mis oraciones.

Los gendarmes llevaron en volandas al joven y le empujaron a un camión con otros prisioneros. Justus se levantó del suelo y miró a su alrededor. Una veintena de hombres estaban sentados en dos filas, pero un chico de su edad le hizo un pequeño hueco.

—Siéntate aquí, donde caben diez caben once. Me llamo Lazarus.

El resto de los prisioneros se movió con desgana.

—Gracias.

—Tenemos que echarnos una mano unos a otros.

—Mi nombre es Justus Rosenberg.

—¿Eres polaco? —preguntó el joven.

—Sí, ¿tú también?

El joven negó con la cabeza.

—No, soy checo. Este camión es una pequeña Babel, Juan es lituano y Abraham es ruso.

Los otros dos jóvenes le saludaron con un gesto.

—¿Sabéis a dónde nos llevan?

—Creo que cerca de Lyon y desde allí a Alemania o a tu tierra, Polonia.

Justus se estremeció.

—¿Qué te pasa?

—Visité a mi tío en Berlín antes de la guerra, era profesor, pero ya no podía ejercer. Allí trataban a los judíos muy mal, como animales.

Lazarus miró a sus otros dos compañeros.

—Pues tendremos que buscar alguna forma de escapar, ¿no crees?

Justus estaba de acuerdo, prefería morir de un tiro en la espalda que caer en manos de los nazis. Se apoyó en el respaldo; la lona no les dejaba ver el camino, pero por los baches dedujeron que se trataba de una carretera secundaria. Se preguntó qué sería de su familia. La peor sensación que había experimentado en su vida era la de sentirse huérfano y saber que a nadie le importaba lo que le sucediera, que si un día desaparecía de la faz de la tierra caería en el más profundo de los olvidos. Cerró los ojos e intentó recordar las oraciones que le habían enseñado en la sinagoga cuando era pequeño, pero no logró traer ninguna a su memoria. Era como si hubieran borrado por completo toda su vida en Polonia.

El cerebro es un experto en bloquear aquellas partes de la vida en las que uno ha sido feliz, ya que, en caso contrario, el peso de la melancolía se haría insoportable.

7

El Centro Histórico de la Resistencia

Centro Histórico de la Resistencia, Lyon,
7 de noviembre de 1992

Aquel sábado Valérie madrugó para ir al Centro de
la Resistencia, inaugurado hacía pocas semanas en el
mismo lugar donde habían estado las oficinas de la Gestapo. Antes había tenido su sede en el Museo de Historia Natural de Lyon, pero el juicio de Klaus Barbie
había permitido que la alcaldía de la ciudad apoyara
el traslado del centro a la antigua Escuela de Sanidad
Militar. Valérie recorrió las salas y observó con horror todo lo que había sucedido en su ciudad. En
aquel mismo edificio se había torturado a inocentes
unos treinta y ocho años antes. Mientras miraba las
fotografías, los restos de cartas e informes se detuvo sorprendida al ver las imágenes de la liberación de
los niños escondidos en el castillo de Drôme, en
Peyrins.

—No fueron los únicos —comentó una mujer anciana que estaba justo a su lado.

Valérie la miró algo sorprendida.

—¿Perdón?

—Decía que no fueron los únicos que se salvaron. Se organizó todo un plan para salvar a los niños judíos de Lyon.

La joven miró a la mujer, que se alejó de ella y se sentó en un banco.

—Perdone, ¿me está diciendo que hubo un plan para salvar a los niños de Lyon?

La señora esbozó una sonrisa y después dejó su bastón a un lado.

—Sí, Lyon fue la única ciudad de Francia que se organizó para salvar a los niños. Muchos la han llamado «la capital de la Resistencia».

—No lo sabía —le contestó algo sorprendida.

—Mañana hay una conferencia sobre este tema, estoy segura de que le gustará. Puede venir conmigo si quiere.

Valérie sintió como si el destino la estuviera acercando de alguna manera hacia aquella investigación. Necesitaba saber y, sobre todo, entender lo que había sucedido, cómo personas de diferentes ideologías y creencias se habían unido para liberar a los niños. Quería conocer cómo se había producido esa especie de milagro en un momento tan oscuro de la historia.

—Allí estaré —le dijo, después se puso de pie y salió de la sala. Recorrió el resto de la exposición, como hipnotizada por lo que veía en cada panel.

Una hora más tarde se dirigió a la salida, bajó la escalinata, atravesó el amplio patio y se dirigió a la calle, cruzó el puente y mientras regresaba a casa pensó en todos aquellos niños y sus familias, aunque ella aún ignoraba el inmenso sacrificio que tuvieron que hacer para salvar a sus hijos, un sacrificio que cuando lo descubriera le cambiaría la vida para siempre.

8

Un lugar para olvidar

Campo de Vénissieux, 26 de agosto de 1942

Lo único que se veía a lo lejos eran las chimeneas de las viejas fábricas y algunos árboles dispersos entre los campos de trigo, amarillos tras la siega. Los barracones de ladrillo lucían desgastados por el paso del tiempo. Los autobuses entraron dentro de las alambradas y, en fila, comenzaron a desalojar a los cientos de judíos que habían llevado en su seno durante horas. Algunos ancianos no tenían fuerzas ni para descender, estaban famélicos y deshidratados; los más jóvenes los llevaban hasta la enfermería improvisada o bien los dejaban en algunas camillas que había frente al edificio.

Rachel bajó con su madrastra y se quedaron de pie, sin saber qué hacer ni a dónde ir. El caos reinaba por todo el campo. El día anterior habían llegado los hombres, pero estaban separados por una alambrada, y en otra sección se encontraba un grupo de trabajadores indochinos.

—Hay hombres allí —dijo Rachel señalando al otro lado del cerco, donde algunos de ellos se habían acercado para intentar localizar a sus esposas e hijos.

Rachel corrió hacia la alambrada para examinar sus rostros. La mayoría tenían barba, la ropa raída y una expresión de derrota en la mirada.

—Rachel, no creo que tu padre esté aquí —dijo Fany justo antes de que sus ojos se cruzaran con los de Zelman.

La mujer no pudo contener las lágrimas: aunque solo hacía un día que se habían separado, había tenido el presentimiento de que ya no volvería a verle nunca más.

—Amor —dijo mientras sacaba los dedos entre el alambre de espino. Su marido se los aferró un segundo. Después Rachel juntó su mano con la de los dos.

—Hija, siento veros aquí. Tenía la esperanza de que habríais conseguido escapar.

—Lo importante es que estamos todos juntos de nuevo —comentó Fany.

Los gendarmes comenzaron a apartar a los hombres del cercado, temían que lo echaran abajo para reunirse con sus familias. Muchos se resistieron y tuvieron que separarlos a porrazos. Los dedos de Zelman y Fany fueron de los últimos en desunirse.

—¡Te quiero, amor! —gritó Fany, y su marido se limitó a esbozar una sonrisa mientras los gendarmes le empujaban con el resto de los varones.

—¡Dejadnos ver a nuestras familias! —se quejó un joven obrero mientras se enfrentaba a uno de los gendarmes, pero Zelman le detuvo.

—No merece la pena, Albert, seguro que nos enviarán al mismo lugar, ya tendrás tiempo de verlas.

El joven padre se mordió el labio inferior para contener las lágrimas.

Fany y Rachel se apartaron de la valla y caminaron hacia los barracones; la niña seguía aferrada a su violín, pero al pasar frente al anciano con el que habían hablado en el autobús se detuvieron.

—¿Se encuentra bien? —le preguntó amablemente Fany.

—Si hubiera sabido que este era mi final me hubiera quedado en Viena, no merece la pena seguir huyendo. Estoy muy cansado y ya no me queda nadie, mi esposa murió hace unos meses. ¿Qué hemos hecho para merecer esto? —se preguntó el hombre entre lágrimas.

Fany le agarró la mano.

—Nada, querido Jacob, Dios nos sacará de esta.

—¿Dios? Él hace siglos que se olvidó de nosotros. Dicen que somos el pueblo elegido, pero toda nuestra historia ha sido muerte y persecución. Ojalá fuéramos el pueblo maldito y no el elegido, tal vez así no nos odiarían tanto.

Dos hombres levantaron la camilla para meterla dentro de edificio y la mujer le soltó la mano.

—Cuídese —dijo.

Después tomó la mano de la niña y se encaminaron

hacia el barracón, pero estaba lleno de gente, y se dirigieron al segundo, que se hallaba igual de atestado. En el tercero encontraron algo de sitio. La gente se había dividido por familias y nacionalidades. Ellas dos, como solo hablaban francés, se quedaron con dos chicas jóvenes, que, aunque llevaban casi nueve años viviendo en Francia, seguían siendo extranjeras a ojos de algunos.

Todas las mujeres y los niños estaban hundidos y sin fuerzas. Se oyó un ruido, los bebés se asustaron y comenzaron a llorar.

—¿Qué es eso? —preguntó una mujer en alemán.

—La cena, creo —contestó otra en francés.

Las mujeres dejaron sus enseres al lado de las literas y corrieron al pabellón comedor. La mayoría no había probado bocado en todo el día, únicamente las más previsoras habían metido entre el equipaje algo de pan, mantequilla, latas o embutido.

Rachel y Fany se pusieron casi al final de la larga fila. Olía a potaje y sus pupilas gustativas comenzaron a salivar; poco a poco veían como la cola avanzaba. Justo delante se paró una mujer con sus hijas Sonja y Lucy, y a su lado se encontraba su prima Ruth, de dieciocho años.

—¿Tienes hambre? —preguntó Fany a Sonja, que apenas tenía cinco años.

La pequeña le sonrió y su hermana mayor respondió por ella:

—Sonja no piensa en otra cosa más que en comer.

Cuando llegó su turno las cocineras estaban casi arañando el fondo de la olla. Les sirvieron la comida en unos platos metálicos, como si fuera rancho del ejército, y se sentaron a unas mesas alargadas.

—Pensé que nunca llegaríamos aquí —dijo la madre de las niñas.

—¿Cuántas horas de viaje han sido? —preguntó Fany.

—Nueve largas horas. Varias personas han perdido el conocimiento, los ancianos y algunos niños se han hecho sus necesidades encima, el hedor era insoportable... Nos tratan peor que al ganado —se quejó la mujer.

Lucy miró a Rachel. Le sorprendió que comiera aferrada a la funda de un violín.

—¿Por qué no has dejado ese trasto en el barracón?

—No es ningún trasto, es el violín que me regaló mi padre —contestó Rachel algo molesta.

—No seas bruta —Ruth increpó a su prima—. Es normal que nos aferremos a lo que nos queda de nuestra vida. Es como si esos nazis nos quisieran borrar de la faz de la tierra; a veces me levanto por las mañanas pensando que he desaparecido por completo.

Tras la cena algunas mujeres salieron a fumar fuera de los barracones, mientras otras acostaban a los niños más pequeños. Era muy difícil que los bebés se durmieran con tanto jaleo, a pesar de que todos estaban agotados. Algunas mujeres enfermas y con fiebre gemían en sus camastros o deliraban.

—No sé si es mejor dormir fuera —le dijo a Fany su nueva amiga.

—Hace un calor insoportable y no nos han dejado ni un poco de agua para lavarnos... Las letrinas están muy sucias y el olor en los barracones es insufrible.

Las dos mujeres compartieron el último cigarro. Soltaron el humo antes de entrar en el barracón. El espectáculo era desolador, una cochinera habría sido un lugar más saludable para pasar la noche.

9

Las falsificaciones

Lyon, 26 de agosto de 1942

Denise y Marcelle habían apuntado en una lista todas las exenciones que permitía la ley, pero quedaba el trabajo más duro: intentar conseguir los permisos de residencia y, si era necesario, manipular las fechas de entrada, ya que, según las leyes francesas, si los refugiados habían llegado al país antes de 1936 no debían ser deportados.

—Entonces, las exenciones son para los mayores de sesenta años, los que han servido en el ejército francés, los que tengan hijos o cónyuges franceses, las mujeres embarazadas, los padres de niños menores de cinco años, los que tengan un trabajo vital para Francia y los menores no acompañados —Denise recitó a Marcelle, su jefa.

—Son más de mil personas, es imposible que consigamos elaborar todos los informes en una noche.

—Llevamos cincuenta —dijo Denise, después de contar su taco de papeles.

—Será mejor que llame a todas las trabajadoras sociales. Aunque estemos la noche entera sin dormir, tenemos que salvar al mayor número posible de personas.

Denise sentía el peso de la responsabilidad como su jefa, pero no era tan optimista.

—¿Por qué no le piden al prefecto algunos días más?

—Porque el prefecto y el jefe de la policía quieren terminar con esto lo antes posible, en cuanto haya un transporte preparado se llevarán a toda esta gente a Drancy y desde allí a Alemania.

—¿Por qué se los quieren llevar? —preguntó Denise con inocencia.

—Corren rumores de que los guetos de Polonia, Austria y la República Checa están a rebosar; los están mandando a campos de concentración, al parecer en condiciones terribles. Los más débiles mueren rápidamente —contestó Marcelle, que prefería no hablar de esos temas y concentrarse en el trabajo.

—¿En condiciones peores que en Vénissieux? —se preguntó sorprendida la joven.

—Los nazis están nerviosos por lo que está sucediendo en el frente ruso: llevan un año luchando y los soviéticos están resistiendo muy bien. Necesitan más armas. Los judíos son mano de obra barata.

—Entonces ¿para qué necesitan a las mujeres embarazadas, los niños y los ancianos?

Un escalofrío recorrió la espalda de Marcelle.

—No lo sé, pero para nada bueno, imagino. Llama a las compañeras cuanto antes, debemos tenerlo todo listo para mañana.

Denise se acercó al teléfono y llamó a todo el equipo de extranjería. Las doce mujeres acudieron a la sede a los pocos minutos. Todas se pusieron manos a la obra: eran especialistas en manejar informes y rellenar solicitudes. El Estado francés era muy burocrático y el régimen de Vichy no lo era menos.

La luz en la calle fue disminuyendo poco a poco. Fuera reinaba la calma, como si el drama humano que se desarrollaba a unos pocos kilómetros de la ciudad no existiera.

Mientras los judíos vivían en su pequeño infierno, la mayor parte de los lioneses cenaban en sus casas tranquilamente; la comida escaseaba cada vez más y las cartillas de racionamiento apenas daban para subsistir, pero estaban vivos y la guerra parecía demasiado lejana para asustarles. La mayoría no había prestado mucho interés por sus vecinos sacados de sus casas en plena noche; para ellos eso significaba menos bocas que alimentar y menos ruidos molestos de esos judíos extranjeros que no se habían adaptado a los valores de Francia. El sueño inquieto de muchos hombres y mujeres que querían hacer algo para combatirlo era como un breve murmullo en un inmenso océano de indiferencia.

10

La enfermería

Campo de Vénissieux, 26 de agosto de 1942

Nadie esperaba que el médico del campo renunciara aquella misma tarde. Hasta entonces se había ocupado de los trabajadores indochinos, pero al ver la avalancha de enfermos que llegaba, colgó la bata y se marchó. Elisabeth Hirsch tomó las riendas de la enfermería. Había casos de deshidratación, ataques de pánico, algunos intentos de suicidio, varias personas con la tensión baja y otras que la tenían disparada, un par de niños con contusiones y una mujer embarazada a la que parecía que se le había adelantado el parto. Elisabeth ya había servido en el campo de Gurs, pero allí al menos las cosas estaban preparadas para la llegada masiva de refugiados. Las autoridades de Lyon habían improvisado un espacio que no reunía las condiciones: lo único que querían era deshacerse cuanto antes de los judíos extranjeros en la región.

La enfermera se acercó a un anciano adormilado.

—¿Cómo se llama? —le preguntó mientras sacudía con suavidad el hombro del anciano.

Jacob se espabiló un poco, tenía la boca seca, dolor de cabeza, escalofríos y el cuerpo dolorido.

—Mal, muy mal, pero no pierda el tiempo conmigo, no creo que me quede mucho. Toda esa gente la necesita más que yo. Solo soy un viejo al que le ha llegado su hora. Los primeros cincuenta años de mi vida fueron felices, después las cosas se fueron torciendo y los últimos cinco los he vivido en una inquietud constante; María ya no está conmigo. Lo único que me queda es partir y descansar. La mayoría de la gente no lo entiende, en especial los jóvenes, pero cuando uno llega a cierta edad ve cómo todo su mundo va desapareciendo poco a poco. Primero tus padres, los tíos con quienes disfrutabas en la niñez, después los amigos y, más tarde, tu alma gemela. Ya no queda nada del mundo en el que me crie, de la pequeña aldea a las afueras de Viena, de aquella comunidad judía que vivía como una gran familia.

—No diga eso, todavía hay esperanza —contestó Elisabeth.

—Para alguien como yo no, tal vez para esos niños, aunque no les envidio: el mundo en el que yo crecí era mucho más amable que este. Luchamos en la Gran Guerra, sufrimos crisis y pestes, pero el ser humano aún no había perdido su alma. He visto tantas cosas, señorita, ojalá pudiera borrarlas de mi mente y de mi corazón. Esa gente no conoce el infierno al que los llevan, los nazis son verdaderos demonios sin alma.

Elisabeth tocó la frente del anciano, ardía de fiebre.

—Le daré algo para que le baje la temperatura.

—No malgaste medicinas en este pobre viejo. Lo único que deseo es dormir y no volver a despertar. Cada noche cuando me acuesto lo pienso, y cuando abro los ojos me desespero, como si la vida se resistiera a abandonarme, pero aquí ya no me queda nada.

La enfermera pensó en su abuelo. A sus veintinueve años Elisabeth había visto demasiadas cosas, pero no terminaba de acostumbrarse. Aunque llevaba doce años en Francia, había pasado la infancia en Rumanía. Su hermano le había enseñado algunos rudimentos de medicina, y después había trabajado en el campo de Gurs desde 1940. Se había dedicado a liberar a cientos de niños de los campos y llevarlos a lugares seguros, había ayudado a los niños judíos de París durante las redadas de julio y ahora intentaba echar una mano en Lyon. Todos aquellos años de trabajo duro comenzaban a pasarle factura. A veces creía que no podría soportarlo más.

Jacob la miró con los ojos cansados de vivir, y ella le dio una pastilla para que descansara un rato, y le ayudó a incorporarse para que bebiera un poco de agua.

—Gracias —dijo el anciano mientras se recostaba de nuevo y cerraba los ojos.

La mujer se alejó y se echó a llorar.

—¿Estás bien? —le preguntó su compañera Madeleine.

—No, no lo estoy.

No entendía por qué la historia de aquel hombre anciano le había impactado más que los niños que yacían en las camas cercanas o el terror reflejado en las miradas de las madres que estaban a punto de dar a luz.

—Tómate un descanso —dijo Madeleine—, en un rato la mayoría se habrán dormido. Están agotados.

—¿Eres consciente de que varios de ellos no se despertarán mañana? —preguntó Elisabeth a su compañera.

—Tal vez sea mejor así.

La mujer se dirigió al pequeño cuarto en la parte trasera, era poco más que un almacén con una cama. En cuanto apoyó la cabeza sobre la almohada se quedó profundamente dormida.

Se despertó un par de horas después, sobresaltada. No se acordaba de dónde estaba ni sabía qué hora era. Miró la luz que se reflejaba a través de la vidriera opaca, al final se había hecho el silencio. Estaba tan adormilada que no vio al hombre que estaba sentado en la silla.

—Siento haberla asustado. Soy el doctor Weill, Joseph Weill.

—Doctor Weill, nos conocimos en Gurs, le vi una vez allí.

—Es cierto, usted es Elisabeth, ¿verdad?

Ella asintió con la cabeza.

—Gilbert Lesage me ha pedido ayuda. Dice que el médico del campo ha dimitido. No le juzgo, esto es un caos. He dejado a mi familia en casa y he venido lo más pronto que he podido. Madeleine Dreyfus ya me ha puesto al día de la mayoría de los casos.

Elisabeth se levantó de la cama y tendió la mano al médico.

—Tenemos por delante unos días muy complicados —comentó la mujer.

—Mi padre, que era rabino en Estrasburgo, me dijo una vez que el gran Rav Simja Bunim llevaba siempre dos papeles, uno en cada bolsillo. En uno podía leerse: «Por mí fue creado el mundo», en el otro: «No soy más que polvo y ceniza». Cuando se sentía impotente y débil sacaba el primero y cuando se olvidaba que era un simple mortal, el segundo.

Elisabeth sonrió, entendía perfectamente lo que quería decirle el doctor Weill: estaban allí para cumplir con su deber y hacer lo que pudieran, el resto no dependía de ellos.

11

Enfermar para vivir

Campo de Vénissieux, 26 de agosto de 1942

La mayoría de los hombres habían llegado al campo el día anterior, por eso, cuando los policías dejaron a Justus en el barracón, ya no había sitio para él. La mayoría de los prisioneros estaban durmiendo en sus literas. El joven dejó su manta en el suelo y se dispuso a dormir cuando oyó una voz desde una de las literas superiores.

—Sube, hace un calor de mil diablos, pero estarás mejor que en el suelo. Todo está plagado de ratas y cucarachas.

La voz provenía de un ángulo oscuro de la sala, pero por el tono parecía de un hombre joven, quizá de un muchacho.

Justus subió a la litera, donde el joven ya le había hecho un hueco.

—Me llamo Samuel.

Justus se presentó e intentó dormirse. Llevaba todo el día en el camión y no había probado bocado, pero el sueño vencía al hambre.

—No debería estar aquí, pero esos malditos policías no escuchan. Yo nací en Francia, soy francés, mis padres emigraron a París hace diecisiete años, pero perdimos los papeles. Ellos cayeron en la gran redada, yo logré llegar a Lyon, pero de poco me ha servido... De haberlo sabido me hubiera marchado con ellos en los autobuses —le explicó Samuel.

Justus se dio la vuelta.

—¿Tú también has vivido en París?

—Sí, en el barrio del Marais. Mis padres eran de origen ruso, primero les persiguieron los zaristas y más tarde los comunistas. Tenían un café en el barrio, un sitio pequeño pero con clase. El local estaba muy cerca de la casa de Victor Hugo.

—Creo que conozco la zona —comentó Justus, que se había vuelto a desperezar.

—Quiero escaparme de aquí.

Le sorprendieron las palabras de Samuel.

—¿Escapar? Me he fijado en la alambrada, es alta y está bien vigilada —apuntó Justus.

—No creo que los franceses nos vayan a disparar si intentamos escapar.

—Estuve en Marsella una temporada y vi cómo los gendarmes mataban a más de un judío. Saben que nadie dirá nada si matan a uno o dos de nosotros, para ellos somos escoria.

Samuel se quedó unos instantes callado, como si

estuviera sopesando las palabras de su nuevo amigo.

—Entonces ¿tú te quedarás a esperar con los brazos cruzados?

—No, Samuel, voy a fingir una enfermedad. Espero que eso sea suficiente para que me trasladen a un hospital, una vez allí será mucho más sencillo largarme. Quiero intentar cruzar los Pirineos.

—¿Una enfermedad? ¿Cuál?

—Apendicitis, es grave y tienen que operarte de urgencia. Una vez allí ya buscaré cómo escapar.

Uno de los vecinos de cama se quejó por el ruido, y los dos jóvenes se miraron, apenas se intuían sus rostros en la oscuridad. Justus pensó lo fácil que era intimar con alguien en una situación como aquella. No tenía tiempo de formalismos o simplemente de pararse a pensar si las personas que se cruzaban en su camino eran de fiar. El peligro constante, la muerte que acechaba en cada esquina, era suficiente para que lo único que les importara fuera sobrevivir, pero era casi imposible conseguirlo sin la ayuda de los demás. El individualismo de antes de la guerra, esa sensación de que la propia vida solo le interesaba a quien la vivía, era ahora una vana ensoñación. La única forma de sobrevivir en un mundo como aquel era, simple y llanamente, confiando en los demás.

12

Superviviente

Lyon, 8 de noviembre de 1992

Valérie Portheret entró en el edificio sede de la asociación Amistad Cristiana. En la sala, algo más de una veintena de personas estaban de pie entre las sillas. La mayoría parecían conocerse muy bien, pero ella se encontraba algo incómoda, y jugueteaba con su larga coleta de pelo rubio. Cuando un hombre anunció que iban a comenzar respiró aliviada. La mujer mayor con la que había quedado para asistir no había acudido a la cita y ella se sentía como una intrusa. Justo un segundo antes de que empezara la charla, la mujer entró por la puerta; parecía fatigada por la prisa. Se sentó a su lado, puso una mano en su pierna y dijo:

—Siento el retraso, he perdido el autobús y a mi edad una ya no puede correr.

—No se preocupe —le susurró Valérie.

El hombre mayor que estaba frente a ellas vestía

un viejo traje gris, muy desgastado por los hombros, y la camisa era anticuada y estaba mal planchada, pero en cuanto comenzó a hablar la joven se olvidó de la indumentaria del conferenciante y se centró en el discurso.

—Hoy tenemos la sala casi llena. Cuando comenzamos estas charlas hace cinco años éramos cuatro gatos.

A la joven le sorprendió el entusiasmo del hombre, la mayoría de los asistentes era casi octogenarios.

—Llevamos años investigando sobre lo que ocurrió en el verano de mil novecientos cuarenta y dos en Lyon y sus alrededores; cada vez tenemos más información, pero aún nos quedan muchas lagunas. La asociación Amistad Cristiana coordinó la ayuda a los judíos extranjeros detenidos en Vénissieux. Fueron ellos los que, con la colaboración de varios funcionarios, buscaron los informes y los papeles legales para eximir al mayor número de personas posible de las deportaciones y los que protegieron a los niños, los ciento ocho niños que escaparon de una muerte segura.

Valérie abrió más los ojos al oír esto, era el tema que más le interesaba.

—Esos niños lograron escapar y esconderse, pero desconocemos casi todo de ellos. Apenas tenemos un puñado de nombres, aunque la mayoría fueron bautizados con otros nuevos para evitar que los nazis los rastreasen.

El público estaba muy atento a las palabras del hombre, que sacó una especie de ficha amarillenta y la sacudió en el aire.

—Fichas como esta nos dan una información valiosa sobre lo que ocurrió en el campo aquellas tristes noches de agosto. Solo si las encontramos todas podremos resolver el enigma de los niños, qué fue de ellos y cómo sobrevivieron a la guerra.

Cuando la charla terminó la anciana saludó a varias personas, les presentó a Valérie y después le preguntó con un gesto:

—¿Quieres conocer a Joseph?

Valérie afirmó tímidamente con la cabeza. Solía ser muy decidida, pero sentía que en aquel ambiente se movía por terreno pantanoso.

—Joseph, te presento a la estudiante Valérie Portheret.

—Encantada —dijo la joven mientras le daba la mano.

—¿Dónde estudia? —preguntó Joseph.

—En la Universidad de Lyon III.

El hombre frunció el ceño y después torció el gesto con desagrado.

—Esa universidad es un nido de fascistas, he tenido que dar algunas charlas allí y casi me sacan a patadas. No sé cómo el Gobierno consiente algo así.

La anciana intentó bajar la tensión con un comentario inocente.

—Lyon, que fue considerada la capital de la Resistencia, ahora se ha convertido en un bastión de la extrema derecha. Son las consecuencias de olvidar el pasado. Joseph, Valérie quiere hacer su tesis sobre lo que les sucedió a los niños judíos de Lyon.

Los rasgos del hombre se suavizaron y sonrió levemente.

—¿Sobre qué tema en concreto?

—Eso es lo que estoy valorando. Al principio pensé hacerlo sobre el juicio de Klaus Barbie, pero me atrae más el tema de los niños.

—Klaus Barbie llegó a Lyon en julio de mil novecientos cuarenta y dos. Antes había estado en Holanda y en el frente ruso, y en primavera fue nombrado jefe de seguridad en Gex, cerca de la frontera con Suiza. Sabemos que en junio lo enviaron a Dijon, pero se sabe que en julio ocupó con otros nazis el casino de Charbonnières-les-Bains, a las afueras de Lyon, y ejercía tareas de persecución a los espías que transmitían sus mensajes en radiofrecuencia.

Valérie se quedó pensativa.

—Entonces ¿no tuvo nada que ver con la deportación de los judíos de Lyon?

Joseph se puso las manos en la cintura, parecía disfrutar hablando de aquellos temas.

—Bueno, directamente no, todo el trabajo sucio lo hizo la gendarmería francesa, pero los miembros de las SS y la Gestapo supervisaron la labor del prefecto y el Ayuntamiento. Hace poco alguien descubrió una foto muy interesante.

—¿Qué fotografía? —preguntó impaciente Valérie.

—En ella aparece Klaus Barbie en el campo de Vénissieux. Algunos creen que se olía lo que estaba sucediendo con los niños judíos e intentó impedirlo, pero en aquel momento la Gestapo no podía actuar libremente en la Zona Libre. Hasta noviembre de ese año no tuvo la autoridad suprema de la zona para perseguir a los judíos.

—Es increíble —dijo la joven, que estaba fascinada con aquel asunto.

—Bueno, lo de los niños no es mi especialidad, pero hay bastante material en la LICRA, la Liga Internacional contra el Racismo y el Antisemitismo.

La anciana puso una mano en el hombro de la joven.

—Si quiere que la acompañe a verlos, la semana que viene pensaba pasarme por ahí. Como dice Joseph, son muy celosos de su tiempo y sus fondos, pero hay un señor muy amable, René Donot, que seguro que nos informará sobre lo sucedido en el campo con los niños judíos.

Las dos mujeres se despidieron de Joseph, bajaron las escaleras hasta la calle y caminaron por el barrio mientras observaban cómo la luz del día dejaba paso a una noche fría y oscura. Las farolas se encendieron de repente, y la anciana pudo contemplar mejor el rostro de Valérie.

—¿Se encuentra bien?

La joven afirmó con la cabeza.

—A medida que su amigo hablaba me sentía cada vez más convencida de que debo investigar sobre los niños del campo y su liberación. Eso me aleja un poco de mi primera idea; Klaus Barbie me parecía un tipo fascinante para investigar, pero la vida de esos pequeños lo es mucho más que la de ese carnicero asesino. Muchas veces los verdugos se han convertido en celebridades, sobre ellos se han escrito libros y tratados, pero nadie escribe sobre las víctimas. Son meras cifras, estadísticas sin rostro, números en las páginas amarillentas de la historia.

La anciana miró a la joven y le dijo:

—Yo fui una de esas víctimas.

Valérie la miró asombrada.

—Mi familia era judeofrancesa. No huimos de Francia en mil novecientos cuarenta y dos, y cuando los nazis ocuparon la Francia Libre nos detuvieron.

—¡Dios mío, lo lamento! —exclamó la joven paralizándose, como si las piernas no le respondieran.

—Eso fue hace mucho tiempo, pero sigue siendo muy doloroso. Nos detuvieron en mil novecientos cuarenta y cuatro, cuando ya no faltaba mucho para finalizar la guerra; en agosto de aquel mismo año, unos días después, los aliados llegaron a la ciudad. ¿No es irónico? Una vecina nos denunció. Llevábamos dos años sin salir de casa, sobrevivimos gracias a unos amigos de mis padres que nos traían comida. Yo era una jovencita de veintidós años que soñaba con ser maestra, pero perdí dos años de mi vida encerrada, como si estuviera enterrada entre aquellas cuatro paredes. La Gestapo me detuvo con mis padres y nos mandaron en un transporte a Auschwitz. Ellos fueron gaseados de inmediato, pero yo trabajé en los laboratorios de Auschwitz III. Me obligaron a hacer las famosas marchas de la muerte, llegamos a Bergen-Belsen y los británicos lo liberaron el once de abril de mil novecientos cuarenta y cinco; yo estaba tan delgada que pensé que no me recuperaría nunca.

—¿Cuándo regresó a Lyon?

—Unas semanas más tarde. Encontré mi casa intacta a pesar de los bombardeos. Esperé a mis padres, que oficialmente nunca murieron, aunque yo vi cómo se dirigían hacia las cámaras de gas y todos sabemos lo que sucedía allí.

La mujer se echó a llorar de repente.

—Lo lamento, no lo sabía.

—He sido profesora más de cuarenta años, pero nunca me he casado: no quería traer a mis hijos a un mundo como este. He visto demasiadas cosas, cosas que aún regresan por las noches y me torturan.

Valérie se abrazó a la anciana, después caminaron asidas del brazo hasta el río. Aquella investigación le estaba abriendo la mente a un mundo nuevo. Un mundo cruel y despiadado que no podía borrarse, necesitaba saber y, sobre todo, necesitaba que todos supieran la verdad.

13

El bueno de Klaus

Lyon, 26 de agosto de 1942

Klaus Barbie pasó por delante de la iglesia y oyó algunos de los himnos que se escapaban por la puerta entornada. El templo católico estaba en el centro de la ciudad y sus torres destacaban entre el resto de las construcciones de la estrecha plaza. El edificio le recordó a la capilla católica de Godesberg, su ciudad natal, muy cercana al Rin. Sus antepasados eran franceses. Su padre le había dado clase cuando era niño, hasta que a los once años lo enviaron a un internado católico en Tier. Allí aprendió a amar a Dios, y estuvo involucrado en las juventudes católicas, pero tras la llegada de los nazis al poder, ingresó en las Juventudes Hitlerianas. Unos meses después Nikolaus, su padre, falleció. La relación con este no había sido buena, pues tras su regreso de la Gran Guerra el hombre había comenzado a beber mucho, pegaba a su madre y estaba furioso todo el tiempo.

Años más tarde, Klaus entró en las SS. Había hecho de topo durante años en las juventudes católicas, traicionando y denunciando a sus propios amigos y compañeros. En 1938 ya estaba en el Servicio de Inteligencia del Reich. Poco a poco había escalado en su carrera dentro de las SS. Se había casado al comienzo de la guerra, pero sus continuos traslados de destino lo habían mantenido alejado de su esposa e hijos. Ahora se pasaba el día medio ebrio, intentando anestesiar la poca conciencia que aún le quedaba.

El oficial alemán entró en el templo, aunque sabía la reacción que provocaba siempre su uniforme de las SS; para muchos era poco menos que el ángel exterminador. El sacerdote, que justo en ese momento levantaba la hostia para bendecirla, se quedó petrificado por el miedo. Los feligreses se dieron la vuelta, la mayoría lívidos ante aquella espantosa aparición.

Klaus se sentó en una de las últimas filas y agachó la cabeza; el sacerdote continuó con la misa. No podía negar que en el fondo le agradaba infundir miedo. Había sido un niño debilucho y asustadizo del que se reían la mayoría de los compañeros. Ahora era uno de los hombres más poderosos de Europa. Como siempre decía su jefe Himmler, ellos eran los amos, la raza que gobernaría el mundo y dominaría la humanidad durante al menos mil años.

En su mente aún acudían las imágenes de las escenas que había presenciado en el frente ruso y que le habían sumido en un mar de dudas. Llevaba años persiguiendo a judíos, comunistas y masones, había metido en la cárcel a cientos de ellos en Holanda y había tenido que romper algunas cabezas para sacarles información, pero lo de Rusia fue sobrecogedor. Desde su llegada a Francia había regresado a la «normalidad», pero la espiral de degradación en la que había entrado como persona era imparable. Orgías, prostitución, alcohol, drogas y todo tipo de excesos habían destrozado casi por completo su alma. Ahora perseguía radios clandestinas, tenía mucho tiempo libre y la soledad comenzaba a hacer mella en su interior.

Klaus sintió cómo la angustia que lo rondaba todo el día le subía por el pecho y le daban ganas de vomitar. Intentó concentrarse en las letanías de las palabras en latín y recordar su niñez, cuando aún tenía sueños.

Al terminar la misa todos se pusieron de pie y se marcharon en silencio, intimidados por la presencia del nazi.

El sacerdote, en un verdadero acto de valentía, se dirigió hacia él y se paró justo enfrente.

—¿Necesita algo?

Klaus le miró con curiosidad, ese hombre debía de ser muy valiente para acercarse a un oficial de las SS alemán.

—No, gracias, ya me marchaba.

El nazi se levantó y las miradas de los hombres se cruzaron.

—Nunca es tarde para regresar a los caminos del Señor —comentó el sacerdote.

Klaus se encogió de hombros y se dirigió a la salida: sentía que su alma estaba completamente perdida, lo único que le quedaba por hacer era sobrevivir y ahora que ya no creía que el Tercer Reich durara mil años, quizá ni cinco más, todo lo que había constituido su vida y le había hecho levantarse cada mañana había dejado de existir.

14

Falsas esperanzas

Campo de Vénissieux, 27 de agosto de 1942

Lo malo de despertarse fue descubrir que no se trataba de una pesadilla. Fany miró a la niña: no era su hija, pero la quería como si lo fuera. Su esposo y ella no habían tenido más hijos, pero ahora se alegraba. Traer una vida inocente a un mundo como aquel le parecía el mayor de los disparates.

Les dejaron ir a los baños unos minutos, aunque apenas les dio tiempo para lavarse la cara, refrescarse un poco y orinar. Hubiera agradecido una ducha, pero el agua de las alcachofas no funcionaba. Se limitó a limpiarse bien las axilas, lavar la cara de la niña y ponerse de nuevo en una interminable fila para esperar el desayuno.

Desde el comienzo de la guerra siempre estaban esperando algo, metidos en alguna cola interminable, soportando una degradación cada vez mayor, hasta que ya casi no les quedaba nada de su dignidad y autoestima.

Fany observó a una de las mujeres que tenía delante: estaba embarazada, parecía agotada, pero se veía obligada a permanecer de pie.

—Podrían dejar pasar primero a las embarazadas —dijo a las mujeres que estaban antes en la fila.

—Yo tengo tres hijos pequeños —respondió una mujer pelirroja bastante rellena.

—Apenas me sostengo en pie —comentó una anciana que se apoyaba en un bastón.

La mayoría de la gente de la cola se quejaba de achaques, dolores y diferentes problemas.

Fany se cruzó de brazos y esperó a que la fila comenzara a moverse.

—Gracias por su ayuda. Me llamo Esther Goldberg, mi hermana Marta también se encuentra en el campo.

—Lo siento. Esta es mi hija, Rachel. ¿De cuánto está?

—Ocho meses y medio, aunque entre la mala alimentación y estos esfuerzos me temo que venga en cualquier momento —comentó mientras se tocaba la barriga.

—¿Y el padre?

La mujer se encogió de hombros.

—Lo cierto es que no deberíamos estar aquí. Llegamos a Francia antes de mil novecientos treinta y tres, pero como huimos a la Francia Libre nos han dicho que eso es un delito y muy sospechoso. Ya ve, sospechoso alejarse lo máximo posible de los nazis.

Llegaron al interior del comedor. Para desayunar

había un pan negro muy duro, un poco de mantequilla algo pasada y una pieza de fruta. La niña se tomó tan rápido su ración que Fany decidió darle parte de la suya. Ella podría apañarse sin comer hasta el mediodía.

Tras el frugal desayuno se fueron todas al patio, pues no les permitían quedarse en las habitaciones. Sin nada que hacer, con un calor insoportable, la mayoría se sentaba a la sombra de los barracones y contaba al resto sus penas y penurias.

Fany se acercó a la enfermería, prefería echar una mano que quedarse de brazos cruzados; Elisabeth y el resto de las enfermeras estaban agotadas después de una larga noche.

—¿Puedo ayudar en algo? Sé poner inyecciones, colocar vendas y ese tipo de cosas.

—Muchas gracias. Por ahora, con que reparta agua a los enfermos, le estaríamos más que agradecidas.

Fany se acercó a las camas. Con aquel calor, los pacientes agradecían un vaso de agua. Al aproximarse a uno de los camastros vio a Jacob, el hombre que había viajado con ellas en el autobús. Parecía dormido.

—Jacob, ¿quiere un trago de agua?

El hombre no reaccionó. Cuando le tocó el hombro comprobó que estaba frío. No pudo evitar que le brotaran las lágrimas.

—¿Le conocía? —le preguntó Madeleine, otra de las enfermeras.

—No mucho, del autobús, el pobre hombre estaba solo en el mundo.

—Todos estamos solos, en cierta manera —comentó Madeleine y abrazó a la desconocida—, por eso es algo tan bueno que nos hagamos compañía en este corto viaje.

Mientras Fany ayudaba a los enfermos, Rachel se colocó al lado de aquellos que habían sacado fuera, extrajo el violín de la funda y comenzó a tocar. Enseguida se hizo un corro a su alrededor, la música parecía devolverles por unos momentos la paz que habían perdido. Mientras las notas invadían el campamento y las lágrimas corrían por los rostros de muchos de los enfermos, el sol seguía su ascenso y el calor empezaba a ser asfixiante, pero al menos seguían vivos, respiraban y tenían un día más, una oportunidad para demostrar al mundo que eran mucho más que unos pobres vagabundos sin patria, que durante casi dos mil años añoraban regresar a su Jerusalén perdida, donde convertirse de nuevo en un pueblo, en una nación, y así el resto del mundo dejara de perseguirlos. Aquel al menos era el sueño de muchos de ellos, siempre tratados como extranjeros y advenedizos en todos los lugares en los que habían intentado echar raíces.

15

Una confusión oportuna

Campo de Vénissieux, 27 de agosto de 1942

Jean Marie Soutou llegó muy temprano al campamento en un Citroën negro que le había prestado un amigo empresario, a su lado iba Alexandre Glasberg. Temían que los guardias no les franquearan la entrada a pesar de llevar todos los papeles en regla. En el fondo no eran bienvenidos: sus exigencias exasperaban al intendente Lucien Marchais y, sobre todo, a René Cussonat, comisario jefe y director del campo, quien todos sabían que era un antisemita declarado.

Jean Marie mantuvo la velocidad mientras se acercaban al control de la entrada. Glasberg lo miró preocupado, y por un momento pensó que era capaz de atravesarla sin detenerse. Sabía que el jesuita era un hombre temerario a pesar de su aspecto de intelectual pacífico.

El Citroën negro se detuvo justo a tiempo, los policías se pusieron firmes y les franquearon el paso sin pedirles la documentación. Al principio, Jean Marie dudó si continuar o aclarar la situación, pero decidió seguir la marcha.

—¿Qué ha pasado? —le preguntó su compañero.

—Nos han confundido con el coche del prefecto, es del mismo modelo y color.

Los dos hombres se rieron de aquella equivocación, que les había ahorrado tiempo y papeleo.

Alexandre Glasberg observó el viejo arsenal del ejército: no era el lugar más adecuado para encerrar a más de mil personas y menos en plena ola de calor, pero en el fondo era un lugar estratégico, alejado de Lyon para que la gente no viera lo que hacía su Gobierno, cercano a las vías de tren y con un equipo de indochinos que realizaba algunas tareas de mantenimiento.

Jean Marie se fijó en el césped seco de los jardines, los ladrillos sin brillo y los caminos polvorientos; la multitud se agolpaba en las partes con sombra o debajo de los pocos árboles vivos. Todo el mundo parecía estar ocupado, aunque nadie hacía nada y en realidad no se dirigían a ninguna parte. En el fondo no querían estarse quietos y esperar lo que el destino irremediablemente les ofrecía: una deportación hacia el país del que todos huían.

—¿Por qué hay indochinos aquí? —preguntó Jean Marie cuando vio el grupo de orientales que les observaba sentados junto a la cocina. La mayoría fumaban pitillos, entretenidos con aquella multitud inesperada que les había sacado de casi dos años de monótona actividad.

—Son miembros del MOI, la Fuerza del Trabajo Indígena. Vinieron a trabajar en las empresas que fabricaban aviones para el ejército, pero ahora no hacen nada.

Uno de los indochinos, Pham Van-Nahn, los miraba con curiosidad hasta que se le acercó una mujer muy guapa con un zapato en la mano. Los dos hombres aparcaron el coche cerca de la enfermería y observaron la escena.

—¿Sabría repararme el tacón del zapato? Se me ha roto y no tengo otros.

El indochino tomó el zapato y lo examinó unos segundos, después hizo un gesto afirmativo con la cabeza y se lo llevó al taller.

Jean Marie y Alexandre Glasberg bajaron del vehículo con dos maletines repletos con los documentos de muchos de los internos, con decenas de peticiones de exenciones por diferentes motivos. Las trabajadoras sociales habían estado toda la noche reuniendo la información y elaborando los diferentes dosieres, pero ahora tenían que contrastarlos con los prisioneros antes de presentarlos en la Oficina de Extranjeros del Ródano que llevaba el comisario Claudier Cornier. Gilbert Lesage, aprovechando su cargo dentro de la administración, era el encargado de las comisiones para determinar los casos de exención, pero antes Jean Marie, Alexandre Glasberg y el padre Chaillet, que les esperaba en la puerta, debían reunirse con Lucien Marchais y el prefecto de la región, Alexandre Angeli.

En la enfermería se encontraba el médico Jean

Adam, encargado de los informes médicos para incluir en las solicitudes.

Glasberg había estado allí el día anterior para recibir los primeros autobuses. No quería que la primera cara que viera la gente al llegar a un lugar como aquel fuera la de René Cussonat. Al encontrarse con personas sentadas en el suelo, los enfermos fuera de la enfermería, y al percibir la pestilencia de la gente sin lavarse, con la ropa sudada del día anterior, se dio cuenta de que la urgencia no era únicamente por el traslado de los refugiados: era también una cuestión de salud pública.

El grupo entró en una sala cercana a la enfermería que se había habilitado para la comisión. El mobiliario consistía solo en una mesa alargada, cinco sillas a un lado y dos al otro.

Todos se sentaron a la mesa, sacaron los informes y Jean Marie fue el primero en hablar.

—Hemos reunido novecientos treinta y seis informes, la mayoría tienen derecho, por una u otra razón, a las exenciones estipuladas por ley.

El padre Chaillet se llevó las manos a la cabeza.

—Eso es una locura, las autoridades no lo consentirán, eso les permitiría deportar a menos de cien personas. Los funcionarios han pactado con el Gobierno un número de prisioneros, ¿lo entienden? El primer ministro Laval, el comisario jefe, el prefecto y el intendente tienen que cumplir con el cupo.

—¿Qué propone? ¿Que entreguemos a la mitad de

los refugiados sin más? La mayoría son mujeres, niños y ancianos —dijo Jean Marie.

—Pues entreguemos a los hombres, si los necesitan para trabajar no les harán daño —propuso el padre Chaillet.

—Son los esposos y padres de esas familias, ¿cómo subsistirán estas sin su ayuda?

—Nosotros nos encargaremos de las familias, la Amistad Cristiana tiene la capacidad suficiente para atenderlos a todos.

Jean Adam había permanecido callado hasta aquel momento. Dos de los médicos enviados para atender a los refugiados habían dimitido, y si no hubiera sido por la colaboración del doctor Weill y el apoyo de las enfermeras de la Cruz Roja, ahora en lugar de seis personas muertas habría muchas más.

—Nuestro deber es presentar todas las exenciones, que ellos rechacen las que quieran. Imagino que al ver tantas se determinarán a dar las máximas posibles.

—En un rato saldremos de dudas, el director del campo y el intendente Lucien Marchais entrarán en cualquier momento por esa puerta.

Gilbert Lesage pareció tener algún don de clarividencia, pues un segundo más tarde entraron Lucien Marchais y René Cussonat. Se pusieron en las dos sillas de enfrente y el intendente rompió el incómodo silencio que se había instalado en la sala.

—Señores, espero que se encuentren bien. Nuestra misión es muy sencilla: determinar qué personas están exentas de la deportación a Alemania. La gente que hay allí fuera no es francesa, son extranjeros que han disfrutado de nuestra hospitalidad durante demasiado tiempo. La guerra se agudiza en el frente oriental y cada vez es más difícil mantener con vida a nuestra propia población, los extranjeros sobran aquí.

Aquellas palabras fueron como un jarro de agua fría para la comisión, sin duda las autoridades de Vichy iban a intentar por todos los medios enviar a la mayor parte de los refugiados a Alemania.

—Pero la ley... —se quejó Jean Marie.

—Vivimos en un estado de emergencia, este año hemos tenido que doblar la exportación de nuestros productos agrícolas a Alemania, ¿saben lo que significa eso?

Nadie respondió a la pregunta.

—Pues que morirán miles, tal vez decenas de miles de franceses durante este invierno y las cosas no mejorarán el año que viene. Cuantas menos bocas tengamos que alimentar será mejor para todos.

—Entonces ¿qué exenciones sí estarán permitidas? —preguntó el padre Chaillet.

—Únicamente la de menores no acompañados.

Tras las palabras del intendente se levantó un gran revuelo, todos comenzaron a quejarse de aquellas condiciones draconianas.

—Eso es injusto, va en contra de todas las leyes humanitarias. No podemos llamarnos un pueblo civilizado si dejamos que esas personas inocentes caigan en manos de... —Jean Marie no terminó la frase.

René Cussonat frunció el ceño y apuntó con su índice al jesuita.

—¿Qué insinúa? Esos ciudadanos son en su mayoría alemanes o están en territorios controlados por nuestros aliados germanos. Reclaman que regresen a sus países de origen para apoyar el esfuerzo bélico de Alemania. Todos ustedes están haciendo una montaña de un grano de arena. No entiendo por qué aman tanto a esos judíos. Además de matar a nuestro Salvador, siempre han sido unas sanguijuelas para el pueblo. Les tratamos como humanos, que eso es mucho más de lo que ellos harían por nosotros. Se lo aseguro. Ya tenemos a demasiados semitas franceses como para que nos tengamos que quedar la escoria del resto de Europa.

—Los alemanes nos han prometido que crearán un estado judío en Polonia o Madagascar. Están solucionando un problema que lleva casi dos mil años latente —añadió el intendente.

—Muerto el perro se acabó la rabia —apostilló René Cussonat.

—Pero ¿qué pasa con los enfermos, los ancianos y las mujeres embarazadas? No resistirán un viaje tan largo en trenes de ganado. Por no hablar de los niños. Los mandan a todos a una muerte segura —dijo Gilbert.

Normalmente siempre era uno de los más prudentes del grupo, pero no había ni imaginado que aquella gente iba a tirar todos sus esfuerzos a la basura. Como mucho podría haber una docena de niños huérfanos.

—Como médico encargado del campo no puedo consentir eso, mi código deontológico me dicta que... —dijo Weill.

El intendente dio un golpe en la mesa.

—Podemos incluir a veteranos que han estado en el ejército francés y poco más. No estamos negociando con ustedes, simplemente les estamos informando. Las órdenes vienen de muy arriba. Y ahora, si nos disculpan.

Los dos hombres se pusieron de pie. Con sus trajes negros parecían dos sepultureros y, en cierto sentido, ese era su cometido.

En cuanto el grupo de Amistad Cristiana se quedó a solas, comenzaron a hablar todos a la vez.

—Por favor, orden —dijo Gilbert haciendo un gesto con la mano—. Tenemos que actuar, no reaccionar.

—Bien dicho —añadió el padre Chaillet.

—Lo primero es hablar con el cardenal Gerlier para que interceda ante Pétain, y también con el arzobispo de Toulouse, monseñor Saliège. Y escribir una carta al prefecto. Debemos ganar tiempo y pedir que aumenten las exenciones —comentó Jean Marie a sus compañeros.

—Haremos todo eso, pero creo que deberíamos tener un plan B, por si nada de lo que intentemos triunfa —dijo el padre Glasberg.

Todos le miraron sorprendidos.

—Deberíamos pedir el mayor sacrificio que un padre estaría dispuesto a dar con tal de salvar a sus hijos...

Las palabras del sacerdote resonaron en la sala, pero no terminó la frase, como si no se atreviera a verbalizar sus pensamientos, porque a veces ciertas palabras son capaces de romper el alma más fuerte del mundo.

16

Compasión

Campo de Vénissieux, 27 de agosto de 1942

Justus no había pegado ojo en toda la noche, en su cabeza únicamente había una idea obsesiva: escapar del campo. En el fondo no sabía por qué seguía luchando, se trataba de un instinto animal más que de algo racional. Era joven, se sentía pletórico de energía, pero al mismo tiempo se sabía solo en el mundo. La única forma de enfrentarse a aquella situación era aferrándose a la lucha y la resistencia, no había nacido para resignarse.

Lazarus y sus amigos, que llevaban ya algunos días en el campo, le condujeron hasta el baño y más tarde hasta el comedor.

—¿Aún sigues pensando en escapar de aquí? —le preguntó Lazarus.

—¿Qué otra cosa podemos hacer? ¿Dejarnos llevar como ovejas al matadero? Prefiero morir luchando.

Los tres jóvenes le miraron con una mezcla de admiración y temor: parecía muy seguro de sí mismo y con las ideas muy claras.

Entraron en el comedor y tomaron un poco de café insípido y un pedazo de pan negro. Nada contundente para tres jóvenes en pleno desarrollo físico.

—¿Habéis visto la bazofia que nos dan los franceses? Imaginad qué harán con nosotros los alemanes —comentó Justus mientras intentaba masticar el pan duro y soso.

—¿Cómo piensas hacerlo? —le preguntó Abraham.

—Bueno, voy a simular una peritonitis. Es difícil de detectar y peligrosa, seguro que me llevan al hospital, y allí la seguridad no será tan férrea.

Los amigos de Lazarus se quedaron decepcionados: habían visto en Justus a una especie de salvador, alguien que les ayudaría a salir de aquella situación.

—¿Cómo podemos escapar nosotros? —le soltó al final Lazarus.

En un principio, Justus no supo qué responder, pero acabó aconsejándoles a pesar de que estaba convencido de que no era la persona más adecuada para hacerlo.

—Las ambulancias son muy grandes, y he observado que por debajo tienen una especie de barras para la suspensión. Si os aferráis a ellas podréis salir del campo sin que os detecten.

—Ese plan es una locura —dijo Juan, que hasta ese momento había permanecido en silencio.

Justus se encogió de hombros: sentía que ya había cumplido con su deber. Aquel consejo podía costarle la vida. Si los gendarmes les descubrían y paraban la ambulancia, los mandarían de nuevo al campo.

—Nosotros sí lo intentaremos —afirmó Lazarus.

Los muchachos se acercaron a la enfermería, donde había menos gente que la jornada anterior. Por desgracia varios de los pacientes habían fallecido, pero otros muchos se habían recuperado del largo viaje en autobús.

Justus comenzó a tocarse el costado. Entró en la enfermería y le explicó a una de las enfermeras que se encontraba muy mal y que tenía muchos dolores.

—Túmbese allí —le dijo la joven mientras iba en busca del médico.

Jean Adam no tardó en aparecer. La reunión había terminado y la mayoría de los responsables estaba a punto de dejar el campamento.

—¿Qué le sucede?

—Tengo un fuerte dolor en el costado, no sé qué me pasa.

—¿Le duele aquí? —preguntó el doctor apretando sobre la piel.

—Sí, doctor, me duele mucho.

Jean Adam frunció el ceño.

—Puede que sea peritonitis, le enviaré al hospital para que le operen de inmediato.

Justus afirmó con la cabeza, pero ante el asombro del joven, el médico se aproximó a su oído y le dijo:

—Cuando llegue al hospital indique justo al otro lado, el apéndice se encuentra a la derecha.

El joven se quedó mudo por un momento.

—¡Enfermera! ¡Que preparen la ambulancia enseguida, este joven tiene que ir cuanto antes al hospital!

Un par de minutos más tarde unos camilleros lo trasladaron hasta el interior de la ambulancia. En cuanto se subieron delante, los nuevos amigos de Justus se escondieron en la parte baja del vehículo y Juan entró en la parte de detrás de la ambulancia.

—¿Dónde vas? —le preguntó asustado Justus.

—Era mala idea ir abajo, pero aquí puedo esconderme.

Se puso bajo la camilla y se cubrió con una manta.

Cuando la ambulancia se aproximó a la entrada del campo, los gendarmes pararon el vehículo y comprobaron los papeles. Después abrieron la parte de atrás y, al no ver nada sospechoso, dejaron que la furgoneta siguiera su camino.

Un par de kilómetros más adelante, cuando el vehículo se detuvo en un cruce, Lazarus y Abraham se dejaron caer al suelo. Juan abrió la puerta y, tras cerrarla de nuevo, se agachó para que los conductores no le vieran por el retrovisor. La furgoneta se puso en marcha mientras los tres jóvenes se acercaban a la arboleda. Habían quedado en verse en Vienne para intentar ir hacia el sur y cruzar la frontera con España.

Justus llegó al hospital unos quince minutos más tarde. En cuanto entró, los camilleros lo llevaron urgentemente al quirófano. Intentó hablar con el doctor, pero una enfermera le colocó en la cara una mascarilla y cayó en un profundo sopor. Dos horas más tarde se despertó en la cama, tenía un fuerte dolor en el lado derecho. Miró la cicatriz aún rojiza por la sangre y comprendió que le habían extraído el apéndice.

17

Salvar a uno

Campo de Vénissieux, 27 de agosto de 1942

Gilbert quería marcharse con el padre Glasberg y Jean Marie, pero antes debía hablar con algunos miembros del personal para indicarles algunas ideas y formas de actuar. Intentaba sobre todo dilatar el proceso de exenciones: necesitaban ganar todo el tiempo posible.

Elisabeth, Madeleine, Joseph, Charles y George se presentaron a la reunión, mientras los demás continuaban atendiendo a los refugiados.

—Ya saben que el intendente nos ha informado de que casi no van a permitir exenciones, pero no nos vamos a quedar de brazos cruzados. Intentaremos negociar con las más altas instancias y presionar a las autoridades. Tenemos que liberar a toda esta gente como sea.

Todos los colaboradores afirmaron con la cabeza.

—No será una tarea fácil, y no les ocultaré que puede ser sumamente peligrosa, pero creo que merece la pena el sacrificio y el esfuerzo. Estas más de mil personas no han cometido ningún delito, no han causado mal a nadie, se las persigue por el simple hecho de ser judíos y eso es inadmisible. Nuestros antepasados fueron los primeros en exponer los derechos del hombre y el ciudadano, pero iré aún más lejos, aunque sé que algunos de ustedes no son creyentes: los derechos de los hombres son inalienables porque han sido concedidos por el Creador. Ánimo y fuerza, compañeros.

En cuanto Gilbert terminó su discurso, Madeleine se aproximó a él. A su lado había una chica que no había visto jamás.

—Perdone que le moleste. Esta joven es Lili Tager, lleva desde hace más de un año ayudando en la OSE, la Obra de Socorro para Niños. Anoche se acercó a nosotros para ofrecernos su ayuda. Todas las manos que se nos quieran unir son bienvenidas, pero antes quería presentársela.

—Encantado, señorita Tager.

—Lo mismo digo.

—Ayer Lili ayudó al médico Weill y hoy está haciendo una gran labor junto al doctor Adam —apuntó Madeleine.

—Anoche tuvimos que atender unos quince intentos de suicidio por ahorcamiento. Logramos salvar a casi todos, aunque fallecieron dos personas, una mujer joven llamada Clarise y un anciano.

—Lo lamento —dijo Gilbert mirando a Lili con

cierta condescendencia. A veces le costaba ver a gente tan joven sufriendo cosas tan duras.

—Gracias, señor.

—Bienvenida a este club de desesperados.

Gilbert apoyó la mano en el hombro de la joven y después se fue a la sala contigua, donde el padre Glasberg y Jean Marie le esperaban con impaciencia.

—Lamento la tardanza.

—No se preocupe, está bien que entrene a su equipo para que atienda a los prisioneros: todos están en tal estado que si las trabajadoras sociales no les ayudan serán incapaces de cumplimentar los formularios —contestó el padre Glasberg.

—Eso si al final sirve para algo todo esto. Ya han escuchado los comentarios del intendente.

—No sea tan pesimista, Jean Marie, aún hay mucho partido por jugar —le dijo Glasberg.

Los tres se fijaron en un muchacho que había en el fondo de la sala. Gilbert miró a sus compañeros y les preguntó por el chico.

—No tiene familia, anoche estuvo en la enfermería y hoy iban a devolverlo al barracón, pero lleva toda la mañana llorando —le explicó Jean Marie.

—¿Alguien le ha visto entrar aquí? —pregunto Gilbert.

Los dos religiosos negaron la cabeza.

—En la puerta no han parado su coche, ¿verdad? Pues podríamos meterlo en el maletero y cruzar los dedos.

Glasberg asintió con la cabeza, pero Jean Marie no parecía tan convencido.

—Por salvar a una persona podríamos echar nuestro plan al traste.

Gilbert entendía al jesuita, puesto que sin duda era una acción arriesgada y temeraria.

—¿Qué valor podemos dar a una vida humana? No sabemos qué pasará: ahora mismo nuestras esperanzas de salvar al mayor número de personas se desvanecen, si al menos salvamos a uno...

Jean Marie miró al joven y después se giró hacia sus compañeros.

—De acuerdo. Que Dios nos ayude.

Los tres hombres salieron por la puerta trasera. Mientras uno vigilaba, los otros dos ayudaron al muchacho a entrar en el maletero, lo cubrieron con una manta y se dirigieron al punto de control. Al mirar a un lado, vieron que estaba al mando el puntilloso oficial de los gendarmes Philip Moreau.

—Por favor, papeles —dijo al detenerse el coche.

Un gendarme se aproximó con su ametralladora y escrutó la parte trasera del vehículo.

—Está todo en regla, oficial —comentó Gilbert, que era el que tenía la sangre más fría.

El gendarme intentó escrudiñar su cara, pero lo único que vio fue una amplia sonrisa. Mientras tanto, el otro policía se acercó al maletero y todos aguantaron la respiración.

—Deja eso. ¿Qué piensas que llevan ahí atrás, a un judío escondido?

Los dos gendarmes se echaron a reír y abrieron la barrera. Los tres ocupantes del coche se rieron también. Después Jean Marie pisó el acelerador y no paró hasta que se encontraron a las afueras de Lyon.

—¿Qué vamos a hacer con el chico? —preguntó el jesuita.

Gilbert se encogió de hombros.

Alexandre Glasberg les contestó:

—Hay un convento cerca que estoy seguro de que lo acogerá con agrado, le harán pasar por un novicio más.

Se dirigieron al convento de los carmelitas, entraron en el patio y ayudaron al joven a salir del maletero. El abad, un hombre grueso, de pelo castaño y con gafas, abrazó al muchacho y les aseguró que estaría bien con la comunidad.

Mientras los tres hombres se alejaban del monasterio, sintieron que al menos habían podido salvar a uno de los refugiados. Eran conscientes de que aún les quedaba un trabajo ingente por delante, pero removerían cielo y tierra para conseguirlo.

En cuanto estuvieron en la oficina de Amistad Cristiana, el padre Glasberg llamó a la oficina del cardenal Jules Geraud, mientras Jean Marie contactaba con el prefecto y Gilbert buscaba el apoyo de la Federación de Iglesias Protestantes para que pidieran oficialmente la liberación de todos los refugiados.

La oficina de la asociación hervía con su actividad frenética: era una carrera contrarreloj para salvar al mayor número de personas posible. La maquinaria burocrática del régimen de Vichy funcionaba a pleno rendimiento, ya que a casi nadie le importaba la suerte de unos pocos judíos extranjeros mientras el mundo parecía dirigirse inevitablemente a uno de los momentos más oscuros de su historia.

18

Una reunión incómoda

Lyon, 25 de agosto de 1942

Aquella mañana Klaus se había despertado con una molesta resaca, pero el teléfono no dejaba de sonar en su habitación del casino. Tomó el aparato y se puso firme mientras escuchaba al otro lado al Reichsführer-SS, Heinrich Himmler.

—Señor —dijo sin poder disimular su nerviosismo.

—Nuestra oficina en París me ha informado de que las cuotas de judíos prometidas por los franceses no se están cumpliendo, así que será mejor que tome ahora mismo un vehículo y se dirija directamente a Vichy. Exija a Pierre Laval que cumpla su palabra, y recuérdele que queremos tener Europa limpia de judíos antes de que termine la guerra, ¿lo ha entendido?

—Sí, Reichsführer-SS.

—Quiero que me informe esta misma noche.

En cuanto colgó el teléfono, Klaus se secó el sudor de la frente. Había hablado con su jefe una sola vez y en aquella ocasión la conversación se redujo a una frase. Si el jefe de las SS le había llamado era que el asunto requería máxima prioridad. La capital de la Francia Libre se encontraba a dos horas de Lyon, y si partía enseguida con el coche llegaría antes del mediodía.

Se vistió a toda prisa, llamó a su chófer y salieron hacia Vichy. Le pidió que acelerara todo lo posible, ya que cada minuto contaba. Algo más de dos horas y media después, se encontraba en la entrada del Hôtel du Parc, la sede del Gobierno. El mariscal Pétain vivía con su esposa en el Majestic, justo al lado.

En la puerta le saludaron dos soldados franceses, y en la recepción pidió ver de inmediato al primer ministro Laval, algo a lo que no pusieron demasiadas trabas: unos minutos más tarde se encontraba frente al segundo hombre más poderoso de la Francia Libre.

—Señor Barbie, no entiendo a qué se debe esta visita tan inesperada.

—Heinrich Himmler, Reichsführer-SS, me ha llamado en persona preocupado: no están llegando las remesas de judíos prometidas.

—Las cosas están siendo más difíciles de lo que pensábamos —contestó Pierre Laval nervioso. Sabía que los nazis no se andaban con chiquitas.

—Nuestros servicios de información en Lyon y otras ciudades están advirtiendo del intento de algunas asociaciones por salvar a los judíos extranjeros de la deportación. Creo que lo llaman exenciones. ¡No queremos que haya ninguna exención! ¿Entendido?

Laval tragó saliva antes de contestar.

—Informaremos a los prefectos e intendentes, no se preocupe.

—Sí nos preocupamos: esos malditos curas y los comunistas están detrás de todo esto. Si no se hacen con el control de la Francia Libre lo harán los alemanes.

Klaus Barbie se puso de pie y el primer ministro lo imitó.

—Queremos al menos sesenta mil judíos antes de que finalice el verano, y no nos importan los métodos que empleen.

El oficial de las SS salió del despacho, y mientras bajaba las escaleras no dejaba de pensar que aquella llamada de Himmler mostraba lo alto que estaba llegando en la escala de las SS, y que todo su trabajo no había sido en vano. Antes de regresar a Lyon, su chófer y él entraron en un bar y bebieron algo, con la excusa de templar los nervios. Ahora se veía llamado a la misión de vigilar la entrega de judíos en Lyon e informar a sus superiores de todo lo que sucedía en aquella región de Francia.

19

El cardenal

Lyon, 27 de agosto de 1942

El cardenal Pierre Marie Gerlier era un príncipe de la Iglesia a la vieja usanza. Había nacido en Versalles hacía sesenta y dos años y había estudiado para ser abogado, antes de decidirse a seguir la carrera eclesiástica. Había servido como oficial en el ejército durante la Gran Guerra, donde fue herido y capturado. Su carrera había sido lenta y difícil, pero ahora llevaba cinco años como arzobispo de Lyon y como cardenal de la Iglesia, el cargo de más alto honor para un religioso. Amigo íntimo del mariscal Pétain, había hecho todo lo posible para que la ciudad se inclinara a la obediencia del nuevo régimen de Vichy. Además, todos conocían el antisemitismo del cardenal, quien en principio no se había opuesto a las leyes raciales y no había levantado un dedo para defender a los judíos.

El cardenal Gerlier creía que el mariscal Pétain era

un regalo de la providencia, la salvación para la Francia decadente en la que le había tocado vivir, pero ahora todo había cambiado. Había tenido acceso a información privilegiada que le permitía entrever lo que les estaba sucediendo a los judíos en Polonia y otros territorios ocupados. Una cosa era desear que estos abandonasen Europa y otra muy distinta aprobar su total destrucción. Por ello, cuando las redadas de hebreos se generalizaron aquel año, el cardenal comenzó a pensar que los católicos debían hacer algo.

Aquella tarde su secretario le informó de que Alexandre Glasberg había pedido reunirse con él, y el día anterior había recibido al rabino Kaplan, que había intercedido por los judíos de origen extranjero en las diócesis. Todo el mundo pensaba que por su cargo eclesiástico ostentaba algún poder, aunque la realidad era que su única autoridad era moral y espiritual. Quería pensar que eso aún valía algo en Francia, pero tenía serias dudas.

El secretario le anunció la llegada del abad, y el cardenal se colocó sus ropajes antes de que el religioso entrase en el suntuoso salón de su palacio. El abad entró en el salón y le besó el anillo.

—Excelentísimo y reverendísimo señor, gracias por recibirme habiéndolo avisado con tan poco tiempo.

—Abad, déjese de formalismos. ¿Qué sucede?

El sacerdote se sentó en una silla cercana y expuso el problema al cardenal. Este le escuchó en silencio y no dijo nada hasta que acabó de hablar.

—Por lo que me cuenta, el Gobierno está negando cualquier tipo de exención. Eso es inhumano y contrario a un gobierno con valores cristianos.

—Seguramente en Vichy temen la reacción de los nazis.

—Sin duda —dijo el cardenal—, pero esto todavía es Francia, una tierra civilizada y cristiana.

—Desde Amistad Cristiana queríamos pedirle que interceda con el mariscal Pétain.

El cardenal apoyó su mano en el mentón, dio un largo suspiro y miró hacia la ventana. Parecía que se acercaba una aparatosa tormenta.

—Lo que ha sucedido en Francia en los últimos años ha sido una verdadera desgracia. La Tercera República desembocó en una de las épocas más oscuras de nuestro amado país, y todo lo que merecía la pena ha desaparecido. Los seres humanos se convirtieron en depravados. Ni Dios ni patria ni familia. La Gran Guerra sirvió para acelerar ese proceso, y los locos años veinte terminaron de transmutar el mundo en una especie de gran vertedero. La crisis de mil novecientos veintinueve convirtió a cientos de miles de franceses en pobres, y cuando todo parecía que no podía ir peor, el comunismo y después el fascismo amenazaron lo que quedaba de las cenizas de esta civilización. Los nazis ocuparon nuestro país, y el Estado y sus políticos no resistieron el envite, pues estaban podridos hasta la médula; de hecho, habían contribuido decisivamente a la gran debilidad de Francia. Los alemanes, nuestros enemigos sempiternos,

nos humillaron, como sucedió el siglo pasado con Napoleón III. Entonces, como un milagro, el mariscal Pétain se comprometió a salvar a Francia, pero no de los alemanes, sino de sí misma. En su primer discurso dijo que quería construir una nación libre de las enseñanzas del socialismo y el comunismo, que Francia volvería a ser fuerte y grande. Puso de nuevo en el tapete los principios de la sociedad occidental de trabajo, familia y patria: ¿para qué queremos libertad, igualdad y fraternidad si no hay pan, ni padre ni nación?

—Pero todo eso se ha mostrado irreal —se atrevió a decir el abad.

—Es cierto, ahora no podemos quedarnos callados. Escribiré al mariscal, le suplicaré que salve a los judíos y si eso no es suficiente, escribiré una carta a todas las parroquias de Francia y levantaré al pueblo contra esta forma de tiranía.

Alexandre Glasberg se asombró del discurso encendido del cardenal. Sabía que en el pasado había sido antisemita, y que la mayoría de los príncipes de la Iglesia se habían quedado callados ante las injusticias de la sociedad francesa contra los judíos, pero algo estaba cambiando por fin en Francia.

—Muchas gracias, excelencia.

—Que Dios nos asista, lo vamos a necesitar.

El cardenal alzó la mano y el abad se la besó de nuevo antes de salir de la habitación.

A unos pocos kilómetros de allí, en el campo de Vénissieux, Rachel miraba atenta para intentar dar de nuevo con su padre, preocupada porque en el campamento había corrido la voz de que al día siguiente se iban a llevar a los hombres.

Zelman apenas había pegado ojo en toda la noche, ya que pensaba que no había servido de nada atravesar varios países y dejarlo todo atrás, y sentía que era un inútil por no haber podido poner a su familia a salvo. Durante el día anterior y aquella mañana se había dedicado a cortar el pelo a decenas de prisioneros, a quienes los piojos no les dejaban descansar. Ahora quería entregar el dinero que había ganado a su hija, pero no lograba distinguirla entre la multitud.

Rachel se puso de puntillas y a lo lejos creyó ver a su padre. Lo llamó mientras sacudía la mano al viento. Entonces se le acercó un hombre de aspecto oriental.

—¿Qué te pasa, niña? ¿Por qué gritas? Hola, me llamo Tuan.

—Mi padre no me ve entre tanta gente.

El indochino sonrió a la niña, la cogió en brazos y se la colocó sobre los hombros.

Zelman vio a lo lejos a su hija y corrió hacia la alambrada. Intentó secarse las lágrimas para que la niña no se preocupase.

—¿Dónde está Fany?

—Ayudando en la enfermería, no la he visto en todo el día.

—¿Te encuentras bien? —le preguntó mientras observaba al hombre oriental con cierta desconfianza.

—Este es Tuan, me ha ayudado para que me vieras.

—Hola, señor Zelman —dijo con una amplia sonrisa.

—Puede bajarla ya. Gracias por todo —contestó él secamente.

Rachel se acercó más a la alambrada y su padre le acarició el rostro.

—Mira, he conseguido algo de dinero, y quiero que lo guardes, porque podéis necesitarlo. Si tenéis oportunidad de escapar, dirigíos hacia Italia, allí no se persigue a los judíos. Después buscad un barco que vaya a Brasil o Argentina. ¿Lo has entendido?

La niña afirmó con la cabeza.

—Nosotras no queremos irnos sin ti.

—Mañana nos trasladan a los hombres. Yo me reuniré con vosotras más adelante —le mintió.

La niña se echó a llorar.

—Tengo miedo, papá.

El hombre sintió que su alma se partía en mil pedazos.

—No tengas miedo, siempre estaré contigo. Cada vez que eleves la mirada y observes las nubes, acuérdate de mí, que yo miraré en otro lugar el mismo cielo.

Rachel tomó la mano de su padre y este le entregó el dinero, y en ese momento un gendarme se acercó al hombre para que se retirara de la alambrada.

La pequeña se quedó llorando mientras su padre se alejaba. No sabía que no volvería a verlo nunca más, que la desgracia les separaría para siempre. Pensó en su madre y en lo que le decía mientras le contaba un cuento en su cama: que las estrellas eran los diamantes de Dios, pero que las personas eran aún más valiosas para él, que ella era como la niña de sus ojos y que no permitiría que le pasara nada malo.

Anochecía en el campamento cuando los agotados refugiados se acercaron a los salones para cenar. El calor del día había sido aplastante, pero parecía que unas nubes lejanas traerían lluvia y, quién sabía, tal vez esperanza. Unas semanas antes, todos hacían su vida, aunque el fantasma del nazismo se cernía como una amenaza cada vez más evidente sobre ellos. Unos meses antes, aún albergaban la esperanza de que aquella marea terrible de la guerra no se los llevase a todos por delante. Unos años antes, su vida era feliz y no lo sabían, desaprovechaban los días preocupados por las pequeñas cosas, mirando el reloj con ansiedad. Ahora que el tiempo se les terminaba, únicamente el cielo rojo del anochecer parecía tener importancia, porque era posible que ya no vieran ningún nuevo amanecer.

20

Lo impensable

Lyon, 20 de noviembre de 1992

Hay momentos en la vida que pueden cambiar tu existencia para siempre. Valérie Portheret no sabía que aquella fría tarde de otoño sería uno de ellos. A pesar de su juventud era una mujer determinada, capaz de dedicar toda su existencia a una causa justa. Era cierto que se sentía mejor en compañía de los muertos que de los vivos: en los archivos, cerca de los viejos expedientes y fichas, era donde ella era plenamente feliz. Las voces de los que ya no estaban parecían susurrarle al oído que contara al mundo su historia, pero aún no sabía interpretar las palabras de los muertos, sus deseos y anhelos. Los nombres perdidos no habían llegado a sus manos, aunque era consciente de que por aquellas mismas calles de su ciudad paseaban más fantasmas que habitantes.

La reunión de la LICRA era aún más humilde que

la de la semana anterior. El local medio destartalado y las paredes repletas de estanterías con cartapacios amarillentos, que por su peso casi doblaban las barras de hierro, daban al lugar el aspecto de un aburrido archivo municipal. La media docena de personas se saludaban mientras que, de vez en cuando, lanzaban una mirada de sorpresa y desaprobación a la joven rubia que les sonreía en la distancia, aunque en el fondo ella quería salir corriendo de aquel edificio cochambroso y aquel local polvoriento. Entonces el hombre que iba a llevar la reunión se le acercó y le tendió la mano.

—Muchas gracias por venir, hay muy pocos jóvenes interesados en el pasado, y a veces pienso que cuando muramos todos nosotros, lo sucedido caerá en el olvido.

—Gracias a usted, estoy investigando sobre los niños del castillo de Peyrins.

—Un tema muy interesante. Deje que le presente a un socio de la LICRA.

La acercó hasta un hombre que hablaba con una mujer mayor, con el pelo rizado y canoso.

—Le presento a René Donot. Era un miembro de la Resistencia y ha escrito un pequeño folleto sobre los niños que había en el castillo.

El hombre se la quedó mirando muy fijo, sorprendido al verla allí.

—Usted es Valérie Portheret. Somos vecinos, aunque no desde hace mucho.

La joven se quedó boquiabierta.

—Dios mío, es verdad, el vecino del último piso.

—El mismo. No sabía que estaba interesada en estos temas.

La estudiante estaba fascinada por el hecho de que uno de sus vecinos hubiera sido miembro de la Resistencia.

—Vamos a comenzar la reunión.

La charla duró poco más de una hora, durante la cual el expositor comentó algo de la Resistencia en 1942, pero después habló de los peligros de la extrema derecha y el aumento del antisemitismo en Francia.

René acompañó a su vecina hasta la puerta de la calle y cuando se iba a despedir, ella le comentó:

—¿Tomaría un café conmigo? Estoy muy interesada en todo lo que sucedió en el castillo de Peyrins.

El hombre afirmó con la cabeza y se despidió del resto de los socios.

Caminaron por la orilla del río Saona mientras al fondo las fachadas iluminadas por el sol del atardecer parecían arder. La ciudad, que había sido rica en el pasado por el comercio de la seda, experimentaba un lento declive.

Se acercaron a un café y entraron. El humo opacaba la luz de las lámparas que iluminaban las mesas. Se sentaron a una de las del fondo, aunque el local estaba prácticamente vacío. El frío hacía que muchos lioneses prefirieran quedarse en casa en cuanto el día declinaba.

—No sabía que había pertenecido a la Resistencia —comentó la mujer cuando les sirvieron el espeso café.

—No es una cosa que vayas anunciando por ahí. Si le soy sincero, mucha gente que presume ahora de haber estado en la Resistencia nunca estuvo.

—Le creo.

—En serio, imagine, hasta mil novecientos cuarenta y dos apenas hubo una verdadera Resistencia, ya que la mayoría de los franceses veía la ocupación como un mal menor, a excepción de algunos militantes de izquierdas, claro está.

Valérie tomó la taza con las dos manos para intentar sacarse el frío del cuerpo.

—La gente siempre ha preferido la tranquilidad a la libertad —comentó la estudiante.

—Sin duda, yo no lo habría expresado mejor. Para la mayoría de los franceses, la ocupación había alejado el fantasma de la guerra. Aunque eso me recuerda la famosa frase de Winston Churchill tras el acuerdo de Múnich, cuando escribió a un amigo y le contó que al primer ministro le dieron a elegir entre el deshonor y la guerra y eligió el deshonor, pero que, aun así, también tendría la guerra.

La estudiante dio un sorbo largo al café humeante mientras el hombre fumaba un pitillo.

—¿Qué pasó con los niños del castillo?

—Es una historia hermosa y triste a la vez.

—Como todas las de la guerra —contestó la mujer.

—No, en la guerra hubo muchas historias que únicamente fueron tristes.

Valérie asintió con la cabeza, ella había escuchado unas cuantas.

—La guerra es el paradigma de la tristeza.

El hombre tomó un poco de café y, como si el negro liquido hubiera despejado su cabeza, comenzó a contarle lo sucedido a los niños del castillo:

—Lo que pasó en el aquel lugar fue gracias a una mujer increíble, Germaine Clément. Tenía cuarenta y seis años cuando los judíos comenzaron a ser deportados a Alemania. Durante la Gran Guerra había servido como enfermera. Siempre tuvo la vocación de dedicar su vida a los demás. En mil novecientos veintiséis se casó con Marcel Chesneau y se trasladaron a Peyrins, y casi una década después el conde de Sallmard les alquiló parte de su castillo. Tras la muerte de su marido en mil novecientos treinta y nueve y con tres hijos pequeños, Germaine decidió convertirlo en un lugar de refugio para los niños en los primeros veranos de la guerra. Los nazis ocuparon parte del castillo, pero tras la rendición de Francia logró recuperar el espacio. A partir de mil novecientos cuarenta y dos, cuando la persecución de los judíos se generalizó, Germaine acogió a varios, entre ellos a algunos de los que habían escapado del campo de Vénissieux.

—¿Cuántos niños llegaron al castillo procedentes de Lyon?

—Unos catorce.

—¿Qué pasó después?

—Bueno, cuando el frente se acercó demasiado recomendaron a Germaine que evacuase el lugar. Menos mal que lo hicieron, porque los nazis llegaron al castillo el veintinueve de agosto de mil novecientos cuarenta y cuatro con la intención de usar a los niños como escudos humanos.

—Una historia increíble.

—Ni que lo diga.

—¿Cómo lograron escapar esos ciento ocho niños? Por lo que he leído, los miembros del Gobierno de Vichy negaron la mayoría de las exenciones.

El hombre sonrió, apagó su cigarrillo en el cenicero y le dijo:

—Los padres renunciaron.

—¿A qué renunciaron? —preguntó la mujer algo ansiosa.

—A sus hijos, señorita Valérie, renunciaron a sus propios hijos.

La angustia invadió de repente el corazón de la joven: no podía ni imaginar el dolor que habrían sufrido todos esos padres y madres al dejar ir a sus hijos, al perderlos para salvarlos.

SEGUNDA PARTE

La hora más oscura

21

Lili

Lyon, 27 de agosto de 1942

Lili Tager había vivido a sus veintiún años cosas para las que no estaba preparada, pero la guerra robaba a las personas la inocencia y la alegría de vivir. Aún recordaba con nitidez aquel día de insoportable calor en que llegó a casa en bicicleta y los nazis se los habían llevado a todos. Ella y su hermana Raya se habían unido junto con George Garel a la OSE en la ayuda a la infancia. Desde la llegada de los nazis al poder en 1933, el goteo de refugiados, especialmente judíos, no había dejado de crecer. Lili se había embarcado en el proyecto encabezado por Charles Lederman pese a su juventud, pues procedía de una familia de judíos rusos y sabía lo que eran el exilio y la persecución. Había tenido que abandonar París y su familia temía que las cosas se pusieran muy feas en Francia, pero confiaban en que en la Francia Libre estarían más seguros.

La joven no tenía miedo: en noviembre de 1940, recién instalados los nazis en el país, había participado en una manifestación frente a la estatua del soldado desconocido, pero cuando a su padre se le prohibió ejercer su profesión, la familia comprendió que las cosas solo podían ir a peor. Lili y Raya decidieron apoyar a los equipos que se encargaban de los niños en los campos de internamiento franceses. En esos campos conocieron al doctor Joseph Weill, que fue quien les propuso que se unieran al intento de rescate de los niños de Lyon.

Lili, como el resto de los voluntarios, estaba muy preocupada, pues unos días antes, el 11 de agosto, uno de los trenes que se detuvieron con destino a Drancy puso de manifiesto las duras condiciones de transporte a las que se enfrentaban los exiliados. El rabino Kaplan les había relatado todo lo sucedido con pelos y señales: el tren estuvo retenido varias horas y la gente, desesperada, clamaba por agua, un baño o algo de alimento. El rabino se acercó a los vagones para rezar por ellos. Entonces se oyó a una mujer pedir ayuda y reclamar que alguien hiciera algo, aunque no era un hecho aislado, los maltratos y vejaciones a los judíos eran generalizados y se extendían por todo el país, pero casi todo el mundo miraba para el otro lado, tal vez con la esperanza de que el ángel de la muerte les pasara de largo.

El gran rabino Kaplan había escrito al cardenal Gerlier y había ido a verle, pues hasta aquel momento la Iglesia católica no se había posicionado formalmente. En el fondo había varias razones para aquel silencio. Por un lado, el temor de que una oposición frontal al régimen de Vichy les impidiera ayudar a los refugiados y terminara con sus privilegios, y por otro, también pesaba la sensación de que, si se hacía público lo ocurrido, los problemas podían intensificarse para los disidentes políticos y religiosos.

Lili estaba como voluntaria en el campo, por eso había asistido aquella mañana a las oficinas de la OSE. Gilbert Lesage presidia la reunión, aunque había representantes de varias organizaciones.

—Las autoridades han sido claras: no tolerarán casi ninguna exención y mandarán a los más de mil refugiados a Alemania. El único caso que admiten por ahora es el de menores no acompañados, lo que nos permitiría salvar a dos o tres niños, puede que a cuatro.

Todos se indignaron ante las palabras del funcionario.

—¡Es inadmisible! —exclamó el rabino Kaplan.

En aquel mismo sentido se expresaron varios de los voluntarios y representantes de organizaciones.

Madeleine miró a sus compañeros y con voz grave dijo:

—La única solución que veo es aumentar el número de menores no acompañados.

Todos la observaron con curiosidad, ya que no entendían su razonamiento.

—¿Cómo podemos hacer algo así? —le preguntó Jacques Helbronner, presidente del Consistorio Central Israelita de Francia.

—Pediremos a los padres que renuncien a la patria potestad de sus hijos.

Se hizo un largo e incómodo silencio, pues todos eran conscientes de lo que suponía aquello.

—¿Quiere que separemos a los padres de sus hijos? —preguntó el rabino Kaplan.

—Es la única salida que veo. Hoy se llevan a los hombres, puede que el día veintinueve se lleven al resto, y eso si no encuentran transportes antes. Trabajamos contra reloj y, por lo que vemos, todas las personas a las que hemos pedido ayuda nos dicen lo mismo. Nadie en el Gobierno moverá un dedo por los judíos ni se pondrá en evidencia delante de los nazis —comentó Madeleine.

—Pero pedir eso a los padres es un crimen. Les vamos a quitar a sus hijos —dijo Lili, que hasta ese momento había permanecido observando al resto del grupo.

—Ya sabemos lo que está sucediendo con los judíos en los guetos de Polonia y otros países, y también las condiciones tan duras de los campos de concentración alemanes. Los niños menores de trece o catorce años no sobrevivirán si son deportados a Alemania o Polonia —dijo Glasberg.

Se miraron unos a otros sin saber qué contestar, pero sabían que, en el fondo, el sacerdote tenía razón.

—Esto nos plantea tres retos. El primero es conseguir todas esas renuncias entre hoy y mañana. Deberemos expresar a los padres la gravedad de los hechos, aunque eso les pueda causar un trauma aún mayor. La segunda es: ¿cómo vamos a transportar a todos esos niños? No sabemos cuántos son. Y, por último, ¿dónde los vamos a meter? Puede que sean más de cien niños —comentó Gilbert mientras el resto empezaba a tomar nota.

—Aquí hay representantes de la Cruz Roja, Amistad Cristiana, la OSE, los Boy Scouts y otras organizaciones, y entre todos seguro que lo logramos. Pero tenemos que ponernos manos a la obra —dijo Jacques.

—Nosotros nos encargaremos de hacer un modelo de renuncia a la patria potestad y que nos lo firmen los padres —comentó Madeleine.

—Buscaremos transportes —añadió Glasberg.

—También buscaremos las casas de acogida —dijo el rabino Kaplan.

Unos minutos más tarde dieron por concluida la reunión. Todos estaban agotados, como si la simple idea de pedir a los padres que renunciasen a sus hijos se les hiciera insoportable, pero sabían que la alternativa era mucho peor.

22

Fixler

Campo de Vénissieux, 27 de agosto de 1942

Eva Fixler era madre de cuatro niñas y desde su llegada al campo no había logrado descansar nada. Cuando una o dos de las pequeñas se dormían, las otras se despertaban y comenzaban a llorar. A pesar de sus cuarenta años, se sentía hundida, pues nunca pensó que algo así pudiera sucederle a ella o su familia. La mujer era rumana, pero estaba registrada como checa, por lo que los gendarmes la habían detenido ilegalmente. Nadie había querido escucharla hasta que aquella mañana se encontró con Lili. La joven colaboradora estaba repartiendo agua a los internos cuando vio a la madre cargando a sus cuatro niñas, le acercó un poco de agua y la mujer se echó a llorar.

—Lo siento, es la primera vez desde que me metieron en ese autobús infame que alguien se preocupa por mí. Me llamo Eva Fixler.

—Encantada.

—Yo no tendría que estar aquí. Nací en Rumanía, pero tengo la nacionalidad húngara, y mi país no ha solicitado mi devolución. Tampoco los policías ni los funcionarios me han hecho caso.

—Lo lamento mucho.

—No se preocupe. Estas son Hélène, de nueve años; Esther, de seis; Sarah, de ocho, e Isabelle, de cuatro.

—¿Y su marido? —le preguntó Lili.

—Saltó por la ventana y escapó de nuestra casa en Saboya. Creía que a nosotras no nos iban a hacer nada. En las anteriores redadas habían dejado en paz a las mujeres y los niños.

Lili dejó el cubo metálico en el suelo y tomó nota del nombre de la mujer.

—Buscaremos al cónsul de Hungría e intentaremos sacaros a las niñas y a usted de aquí.

La mujer, que llevaba en brazos a la más pequeña, se acercó a ella y la abrazó. Lili se sintió un poco incómoda al principio, porque siempre intentaba guardar las distancias y no implicarse demasiado, ya que sabía que de otra manera le sería imposible realizar su trabajo. Era el riesgo de tratar con personas.

Dejó a la mujer y se dirigió a la enfermería para reunirse con el resto de las compañeras, y en cuanto les expuso el caso de la señora Fixler, todas estuvieron de acuerdo en que había que hacer algo. Llamaron al padre Glasberg para que contactara con la embajada de Hungría. Eran conscientes de que las embajadas no siempre estaban dispuestas a ayudar, pues a la mayoría le eran indiferentes sus ciudadanos judíos o simplemente no querían enemistarse con los nazis.

Mientras las trabajadoras sociales preparaban las notas de renuncia a la patria potestad, el padre Glasberg y Jean Marie intentaban negociar de nuevo con las autoridades francesas para que reconsiderasen más exenciones. Sabían que algunos mandos habían recibido las peticiones de autoridades religiosas y personas relevantes. Tras dos horas de negociaciones, el intendente no había cedido ni un ápice. Jean Marie estaba agotado y sentía que la paciencia se le agotaba. Veía sobre la mesa los cientos de solicitudes, pero para él eran mucho más que eso: se trataba de vidas, de familias que desaparecerían para siempre si cruzaban el Rin y llegaban a Alemania. La tierra de Mozart, Goethe o Immanuel Kant se había convertido en una nación de bárbaros, de guerreros despiadados que lo único que anhelaban era el dominio de la raza y la conquista del mundo.

Tras la ardua reunión Jean Marie y el padre Glasberg se quedaron a solas. El jesuita tenía la cabeza entre las manos, como si le fuera a estallar.

—¿Se ha dado cuenta? Para ellos la vida humana ya no tiene ningún valor. Solo son números, animales, ratas a las que hay que sacar de su pequeño paraíso burgués. ¿No entienden que ellos serán los próximos? Los nuevos dueños del mundo, cuando terminen su guerra en el este, volverán su mirada a Francia, la dividirán como si se tratara de una tierra pagana y los franceses se convertirán en mera mano de obra.

Glasberg miró a su compañero, y aunque sabía que tenía razón, no era el momento de rendirse. Él era de ese tipo de hombres que se crecía ante la adversidad.

—Querido amigo, durante siglos Occidente ha creído ciegamente en el progreso de la humanidad, un progreso secular, claro está, de índole material, pero que terminaría por repercutir en la sociedad y acabaría con las injusticias sociales. Todos los filósofos e intelectuales creyeron que si educaban a los ciudadanos, como decía Sócrates, los convertirían en buenas personas. Pensaban que el mal era simple ignorancia, pero se equivocaron. Otros pusieron su fe en la tecnología y la ciencia, pero estas son meros instrumentos que en manos de los hombres pueden usarse para hacer el bien o para hacer el mal.

—Es cierto, diagnosticaron mal la enfermedad —dijo Jean Marie, que también había vivido muchos años adormecido por los sueños de la razón.

—El ser humano no es bueno por naturaleza, pero no somos malos por irracionales, simplemente es nuestro corazón que atesora el mal y el egoísmo. He oído a algunas personalidades decir que los nazis son crueles porque no son humanos, pero convertirlos en fieras o en bestias no ayuda a la hora de revertir todo este horror. Es lo que los nazis han hecho con los judíos: atribuir a una nación todos los males del mundo. Lo cierto es que todos somos presa del egocentrismo y capaces de una gran maldad.

Jean Marie se puso de pie, como si hubiera recuperado las fuerzas.

—Si somos solo materia, si no hay nada más allá de las estrellas, si las leyes morales no las ha puesto un Dios justo, somos un conjunto de átomos que algún día desaparecerá. Toda la humanidad se extinguirá cuando el Sol se apague y seremos poco más que un resplandor, minúsculo y pasajero comparado con la inmensidad, y no habrá ninguna inteligencia que lo recuerde o valore. El nazismo es el fruto de esa idea: ya que todos seremos aniquilados, comportémonos como animales devorando a los más débiles, comiendo y bebiendo, porque mañana moriremos.

Las palabras del padre Glasberg estaban cargadas de una gran tristeza. La futilidad de la vida convertía todo en inútil, pero los dos hombres sabían que a lo único que podían aferrarse era al amor, esa misteriosa decisión de darse a los demás sin esperar nada a cambio.

23

El espíritu humano

Lyon, 27 de noviembre de 1992

René Donot le había entregado un pequeño folleto en el que hablaba de todo lo acontecido en el castillo de Peyrins, y desde entonces la mente de Valérie no había dejado de dar vueltas a lo que había sucedido en aquel lugar y cómo algunos de los niños de Lyon habían terminado allí. ¿Cuántos eran?, ¿qué había sido de sus vidas?, se preguntaba cada vez que descubría un nombre nuevo.

Unos días después de tomar el café con René, la joven fue a ver a su profesor Jean-Dominique Durand, con quien quería compartir sus descubrimientos y dudas.

El docente la esperaba en su despacho. Valérie, que llevaba una carpeta azul con el folleto y algunos de sus apuntes, se sentó enfrente de la mesa desgastada de caoba y comenzó a hablar.

—En las últimas semanas he realizado algunas indagaciones, y cada vez estoy más motivada a investigar lo sucedido a los niños judíos de Lyon.

El profesor la miró algo sorprendido.

—No sé por qué, pero me inclinaba a pensar que terminaría investigando sobre Klaus Barbie. A pesar de todo lo que se ha escrito sobre él en los últimos años, no se ha realizado un análisis serio sobre su vida y comportamiento.

Aquellas palabras la hicieron dudar, porque en el fondo no se sentía segura de casi nada.

—Lo he barajado, pero necesito saber más de esos niños.

—Una investigación no pretende cubrir una necesidad emocional o personal, sino una laguna de conocimiento. Estamos aquí para descubrir la verdad, el hecho histórico puro.

Se hizo un incómodo silencio y Valérie levantó la cara.

—La investigación y el investigador deben estar en sintonía, y si lo que intento encontrar no es mi pasión, sin duda se convertirá en una tesis más de esas que se quedan en las cajoneras y que nadie vuelve a leer jamás. Ni siquiera aspiro a convencer al mundo académico de nada: lo que deseo es marcar una diferencia, rescatar del olvido los nombres perdidos de esos niños.

—Lo entiendo y lo respeto, pero tiene el peligro de tomar otros derroteros, y como científicos deberíamos alejarnos lo más posible del objeto estudiado.

—No somos científicos, profesor, los historiadores

somos humanistas. En el fondo intentamos medir algo mucho más profundo que simples restos arqueológicos: buscamos las razones del alma humana, el espíritu que mueve el mundo.

Jean-Dominique comprendió justo en ese momento que estaba delante de una mujer excepcional, y sabía que no sería fácil dirigir su tesis, pero con gusto aceptaría el reto. Había olvidado, después de tantos años de erudición, que la historia no podía ni debía competir con otras ciencias, que en los últimos doscientos años el materialismo había alejado al ser humano de la verdad, y lo había circunscrito a un mero animal inteligente, pero sus miserias y grandezas parecían indicar justo lo contrario.

—Está bien, pero al menos deje que le dé un consejo.

—Soy toda oídos, profesor —contestó la joven con una sonrisa, y sus ojos grandes y negros brillaron por un instante.

—Deje que los hechos hablen por sí mismos, no tenga la tentación de sacar prematuramente la idea de que unos eran héroes y los otros, villanos. El ser humano es mucho más complejo que todo eso.

—Lo haré, profesor, tendré en cuenta que los hechos son el mero eco de los miedos y anhelos que habitan en cada uno de nosotros.

24

Veneno

Campo de Vénissieux, 27 de agosto de 1942

Irma Goldberg había coincidido en la enfermería con Justus, aunque no habían cruzado ninguna palabra. A sus dieciocho años estaba completamente afligida. Su rostro expresaba el enorme dolor que atravesaba. En cuanto el doctor Adam la vio, supo que algo andaba mal: la muchacha había perdido todo interés por la vida.

El joven doctor se sentó a su lado. Irma era tan bella que si no hubiera sido por aquella mueca constante de sufrimiento él hubiera pensado que se trataba de un ángel.

—Doctor, no quiero que me deporten. Ya no tengo a nadie, y me parece absurdo recorrer sola el angustioso camino que me queda.

—La vida es siempre generosa y encontrará una salida.

—Sabe que no es cierto. Usted que se enfrenta cada día a la muerte, que la ha visto en los rostros de un niño recién nacido, de una muchacha en el día de su boda, en los labios amoratados de un anciano que lo único que le pide es descansar, sabe que la vida es traicionera y caprichosa. Yo quiero terminar con la mía. Puede que sea una afrenta a Dios y entiendo que le educaron para salvar a la gente y no ayudarla a morir, pero eso es lo único que deseo.

El doctor Adam tuvo que tragar saliva para contener las lágrimas.

—Me pide algo que no puedo hacer. Mi conciencia...

La joven apartó el rostro y se echó a llorar desconsolada, y sus lágrimas empaparon la almohada áspera de la cama, como si intentasen regar aquella funda renegrida en la que cientos de enfermos habían sufrido en soledad.

—Por favor, se lo ruego.

Adam se levantó. Quería escapar, hacer oídos sordos a aquella mujer cuya voz le parecía la de una náufraga en medio de un mar embravecido. Regresó unos minutos más tarde con una pastilla.

—No puedo dejar que muera, lo siento, pero si se toma esta pastilla estará tan enferma que no la podrán llevar en el transporte. Después ya veremos la forma de sacarla de aquí. Siempre hay una salida.

—No quiero morir, doctor, se lo aseguro, pero tampoco vivir en un campo de trabajos forzados. Simplemente no me veo capaz.

—Le prometo que no la deportarán —dijo mientras le entregaba la pastilla.

La mujer la tomó en la mano y se quedó un rato mirándola. Era de color rosado, alargada y tenía una pequeña inscripción. Se dijo que cómo era posible que una cosa tan minúscula pudiera salvarle la vida, aunque por un momento le vino a la mente una duda: ¿y si el médico la estaba engañando? Desde que se había quedado sola había conocido a muy poca gente buena y amable en la que poder confiar. Al final, como en un pequeño acto de fe, se metió la píldora en la boca y se la tragó con un poco de agua. Le raspó un poco la garganta y creyó sentirla descender por el esófago.

—Ahora descanse antes de que le vengan los dolores, pero no tema, no morirá.

Irma pensó que cerrar los ojos y no volver a abrirlos sería un regalo, pues a veces la vida era tan difícil que dormirse y desaparecer era la única forma de correr hacia la felicidad.

Mientras el doctor se alejaba y su mente comenzaba a desconectarse, sintió una paz que hacía mucho tiempo que no experimentaba, y creyó que en el fondo se estaba muriendo o tal vez renaciendo. Nunca era posible saber a ciencia cierta si la vida era el final de algo o simplemente el principio de otra cosa mejor.

25

Convalecencia

Lyon, 28 de agosto de 1942

Justus intentó escapar el primer día que pasó en el hospital, pero le dolía demasiado el costado. Tras la operación se había despertado sin saber dónde estaba, con el cuerpo dolorido y la cabeza embotada. Era joven y su recuperación fue casi inmediata, pero aún se sentía débil. Lo único bueno de aquel cautiverio era que había comido bien, gracias a varios purés y potajes que le supieron a gloria. De hecho, hacía mucho tiempo que no comía caliente y, sobre todo, que no se saciaba.

El joven se levantó con dificultad y miró por la ventana de la habitación, pero se hallaba en la cuarta planta: imposible escapar por allí. Después se dirigió al pasillo con sigilo, abrió la puerta y vio a un gendarme medio adormecido que fumaba un cigarrillo. En aquel momento se acercó una enfermera, y el policía se enderezó y comenzó a hablar con ella. El hombre estaba tan entretenido que hubiera podido escapar sin que se diera cuenta de nada.

La enfermera llegó a su habitación cuando se había tumbado de nuevo.

—¿Cómo se encuentra hoy? —le preguntó muy seria.

—Bueno, me duele un poco.

—No sea quejica, joven, que le han operado gracias a la generosidad del Estado francés.

Aquel comentario le molestó un poco, ya que la enfermera se creía la valedora de la sanidad pública de la República francesa.

—Mañana le llevarán de nuevo al campo. Al parecer están trasladando a los hombres, así, en unos días podrá trabajar y no vivir como un parásito, que es lo que son todos ustedes.

Justus se incorporó en la cama y miró fijamente a la enfermera.

—¿Qué quiere decir con que todos somos iguales?

La mujer frunció el ceño, no podía creerse que ese haragán judío le hablara de aquella forma.

—Todos los malditos extranjeros que han venido a Francia a quitarnos el trabajo y degenerar nuestra cultura. Ahora que ya no tenéis a esa basura de políticos defendiéndoos, ha llegado vuestra hora. Tenemos el país lleno de judíos y rojos comunistas españoles, aunque en el fondo todos sois de la misma calaña.

El joven no dijo nada, porque sabía que no merecía la pena discutir con alguien así, pero en cuanto salió de la habitación, se asomó por el pasillo, y al ver que se paraba a charlar de nuevo con el policía, se puso la ropa lo más rápido que pudo, se deslizó con sigilo y corrió hacia las escaleras.

El gendarme oyó los pasos, miró por detrás de la enfermera y se puso de pie.

—¡Maldito diablo! —bramó mientras echaba a correr.

Justus bajó las escaleras de dos en dos, notando cómo los puntos le tiraban, pero sabía que no podía detenerse. Cuando llegó a la planta baja buscó la salida y corrió hasta ella sin detenerse. Comenzaba a sentir fatiga y sobre todo un dolor agudo en el costado, pero parar no era una opción.

Salió a las calles de Lyon. Había estado una vez en la ciudad, pero no la conocía muy bien. Corrió calle abajo, cruzó el río y, al mirar tras su espalda, comprobó que el gendarme aún le perseguía. El joven temía que algún transeúnte quisiera detenerlo, aceleró la marcha y tras veinte minutos interminables se detuvo frente a la fachada de una iglesia. Entró, caminó deprisa hasta la rectoría y llamó a la puerta. Le abrió un hombre de mediana edad, barba canosa y pelo negro. Al principio se quedó sorprendido, pero luego le dejó pasar.

—Me persiguen —acertó a decirle.

—Aquí estarás a salvo.

Un minuto más tarde oyeron cómo alguien llamaba a la puerta. El pastor dijo al joven que se metiera en una de las habitaciones. Se escucharon de nuevo golpes en la puerta.

—¿Por qué no ha abierto antes? —le espetó el policía en cuanto vio la cara del reverendo.

—Estaba orando. ¿Qué se le ofrece?

—Un joven ha entrado en la iglesia, ¿lo ha visto?

—Veo a mucha gente todo el día.

—Ha sido ahora mismo.

El pastor se encogió de hombros.

—Malditos pastores masones, vosotros seréis los próximos en caer.

—Yo no soy masón, señor. Si me permite.

El hombre fue a cerrar la puerta, pero el policía puso el pie.

—Voy a pasar.

—No lo va a hacer. Esta es la casa de Dios y está protegida por las leyes de Francia. Traiga una orden de registro. Todavía hay leyes en este país, aunque a algunos de ustedes les fastidie.

El policía frunció el ceño y le amenazó con el dedo.

—La traeré, no tenga la menor duda. Ya sabe cuáles son las penas por acoger a fugitivos, y ya que le gustan tanto las leyes, haré que todo su peso caiga sobre usted.

El reverendo cerró la puerta y apoyó la espalda en la hoja. Luego dio un largo suspiro y fue a buscar al joven.

—Tenemos que irnos, este lugar no es seguro.

El pastor le llevó a ver al padre Glasberg al centro de Amistad Cristiana, donde, después de unos días de recuperación, una mujer llamada Lelièvre le recogió para llevárselo a su casa.

Cuando tomaron el tren para Valence, Justus tenía una sola idea en mente: esperaba que los chicos que había conocido en el campo estuvieran allí esperándole.

26

Ochocientas vidas

Lyon, 27 de agosto de 1942

Lucien Marchais había repasado la lista de exenciones antes de ir al campo, y sabía que todas las asociaciones se iban a poner en contra, pero sería un asunto pasajero: en unos meses nadie se acordaría de esos pobres diablos. El intendente no tenía nada en contra de los judíos, simplemente le tocaba cumplir con su deber: él no era quien imponía las órdenes, era el que las cumplía. Si los alemanes querían a los judíos extranjeros, él se los entregaría, pues al fin y al cabo les pertenecían. Después se iría a descansar a casa, donde le esperaba su familia.

El intendente llegó al campo en su Citroën. Jean Marie y el resto de la comisión ya le estaban esperando. Era la segunda reunión del día y todos parecían agotados: la fatiga se reflejaba en sus rostros cansados. El Gobierno de la ciudad había recibido todo tipo de misivas implorando la liberación de los prisioneros, pero en el fondo sabían que los dueños de Francia no eran ni el prefecto ni él, ni siquiera el primer ministro Laval o el mariscal Pétain, eran los alemanes.

—Señoras y caballeros, lamento la tardanza. Hemos estado discutiendo qué medidas seguir hasta el último momento, y por ahora no puedo decirles qué personas están exentas.

Un murmullo invadió la sala.

—¿Eso quiere decir que al final serán otros colectivos además de los niños? —preguntó Jean Marie.

—No he dicho eso —contestó secamente el intendente.

—No se hagan falsas esperanzas, que después será peor —añadió René Cussonat, el director del campo.

Todos miraron con desdén a aquel tipo, que era de la peor calaña, un hombre sin corazón, sin alma.

Jean Marie se fijó en el maletín que tenía el intendente a sus pies. Estaba seguro de que dentro estaba el nombre de las personas exentas, y que si pudiera hacerse con la lista y ver los argumentos en contra de los expedientes rechazados, tal vez podrían hacer algo para revertir aquella situación.

—Creo que todos necesitamos un café —dijo el padre Glasberg, y la mayoría se puso de pie y se dirigió a la otra sala.

Jean Marie aprovechó la ausencia del intendente y el director del campo para tomar el maletín y salir con él. Después se escondió en otro cuarto y comenzó a buscar la lista. Le extrañó ver tan pocos nombres exentos, y pensó que se debía encontrar incompleta. Apuntó en un papel los nombres, guardó los documentos y corrió para devolverla a su sitio, pero cuando entró, vio que la gente ya regresaba a sus asientos. El intendente miró al suelo y no encontró su maletín.

—¿Dónde está mi cartera?

Todos se miraron sorprendidos.

—¡La he dejado aquí mismo! ¡Seguro que alguno de sus colaboradores comunistas me la ha robado!

—Mis colaboradores no son comunistas, y nosotros no hemos visto nada —comentó el padre Glasberg.

El director del campo se dirigió a la puerta para llamar a sus hombres. Jean Marie ocultaba el maletín a su espalda, se dio la vuelta sin dejar de mirar a los dos hombres y lo soltó a un lado. Después se separó todo lo que pudo.

—Se encuentra allí —dijo el sacerdote señalando el maletín.

Todos se giraron y el intendente lo cogió.

—Yo no lo dejé tan lejos, estoy seguro.

El sacerdote se encogió de hombros.

—Alguien lo movería sin querer cuando nos dirigimos a tomar café.

El intendente se lo colocó sobre las piernas y comprobó que todo estuviera en orden.

—¿Le falta algo? —preguntó Jean Marie.

—No, todo correcto.

—¿Nos puede decir ahora cuáles serán las exenciones?

El intendente, que parecía contrariado e incómodo, miró a Jean Marie.

—Mañana les informaremos —dijo al fin mientras se incorporaba y se dirigía a la salida.

—Tenemos que saber los nombres hoy para poder apelar —comentó Madeleine.

—A su debido tiempo —dijo el intendente.

—Todo esto es muy irregular. Hay unas normas y un procedimiento —se quejó Glasberg.

El director del campo le miró fijamente a los ojos.

—¿Nos está acusando de algo ilegal?

—Solo les estoy diciendo que es irregular, señores. Está en juego la vida de más de un millar de personas, la mayoría mujeres, niños y ancianos indefensos.

—No son soldados o criminales —añadió Jean Marie, que apenas podía controlar su furia.

—Todo se hará con las mayores garantías —les explicó el intendente. Después se dirigió a la puerta.

—¿Cuándo está prevista la deportación y el traslado? —preguntó Madeleine.

—Mañana, los hombres, y la noche del veintiocho al veintinueve, el resto —dijo el director del campo con cierto orgullo, como si estuviera deseoso de terminar el trabajo.

Los dos hombres dejaron la sala y el grupo se miró desolado.

—¿Qué vamos a hacer? —preguntó Madeleine.

—Sentémonos. Por un lado, están preparando las renuncias a la patria potestad, y esos casos no nos los pueden negar; por el otro, están los que han servido a Francia.

—Los dos grupos juntos no creo que sumen doscientas personas —comentó Jean Marie.

—¿Van a deportar a ochocientos?

La voz de la mujer sonó desgarradora.

—Aún estamos a tiempo, y lucharemos hasta el final —dijo el sacerdote—. ¿Qué vio en el maletín?

—Había una lista con muchos nombres en los que ponía exentos, pero luego una pluma había tachado cientos de ellos, de hecho, la mayoría.

—Eso significa que al principio sí los habían aceptado y alguien dio una contraorden —dijo Glasberg.

—Tenemos que volver a reforzar los informes, porque si salvamos a uno más, al menos habrá merecido la pena —dijo Madeleine con los ojos llorosos.

En el fondo todos sabían que la mayoría ya estaban condenados a muerte. La sentencia no se cumpliría de inmediato para alguno de ellos, pero el deseo de los nazis era barrer a los judíos de la faz de la tierra.

27

Órdenes

Lyon, 27 de agosto de 1942

El intendente pasó por su despacho antes de ir a casa, tomó el teléfono y llamó de nuevo al Ministerio de Interior. A los pocos minutos le pasaron con el ministro y este, algo enojado, le preguntó qué quería.

—Llamo por lo de los extranjeros del campo. Las asociaciones están presionando y cada vez más voces se oponen a la deportación.

—¿Qué coño está pasando en Lyon? ¿No eran la reserva espiritual de Francia? ¿Se han convertido todos en un atajo de comunistas?

—El cardenal Gerlier ha amenazado con escribir una carta abierta a todos sus feligreses.

—Esos malditos cuervos están muy crecidos, se han creído toda esa bazofia de Dios, familia y patria. Las órdenes son claras: deben entregar al menos a ochocientos prisioneros. Hay unas cuotas que cumplir, las que piden nuestros aliados alemanes. Esa gente no tiene nada que hacer en Francia: son judíos, gente deplorable. Dígale a esos malditos curas que los judíos fueron los que mataron a Cristo. ¡No me moleste de nuevo o será usted mismo uno de los deportados! ¿Lo ha entendido?

—Sí, señor ministro —dijo mientras se cuadraba.

En cuanto colgó el teléfono comenzó a sudar copiosamente. No iba arriesgar su vida, su carrera y su familia por unos extranjeros, cuando él lo único que hacía era permitir que salieran de Francia. Lo que hicieran después con ellos no era asunto suyo. Tomó el sombrero, se lo puso en la cabeza y se dirigió a su casa. No sabía con qué cara podría mirar a su familia, pero al fin y al cabo lo hacía por todos ellos.

28

La noche más larga

Campo de Vénissieux, 28 de agosto de 1942

La hora más amarga del alma es sin duda cuando tenemos que enfrentarnos al peor de nuestros temores. Ya habían deportado a unos cuantos hombres, sobre todo los jóvenes y solteros, y las madres se aferraban a sus hijos como si algo en lo más profundo de su ser las advirtiera del peligro. Eva Fixler aún esperaba la respuesta para salir del campo. Sus hijas lo eran todo para ella, y estaba segura de que si un día le faltaban, su existencia carecería de sentido. Siempre había deseado ser madre, tal vez para poder corregir el dolor que le había supuesto a ella una madre distante. Ahora que las horas pasaban lentamente, que no lograba ver al cónsul húngaro y que los rumores de deportación eran constantes, la pobre mujer no dejaba de mirar a sus hijas e intentaba aguantarse las lágrimas.

—¿Te encuentras bien? —preguntó la mayor.

Eva afirmó con la cabeza sin mucha convención.

—Si un día yo os falto, ¿me prometes que te ocuparás de tus hermanas?

La niña abrió mucho los ojos, como si intentase asimilar aquella petición, después se mordió los labios y, con la boca seca por la falta de agua, le contestó que sí.

—Tus hermanas son demasiado pequeñas, pero tú podrás cuidarlas muy bien.

Justo en aquel momento varias de las trabajadoras se acercaron al barracón en el que las familias pasaban el tiempo. Algunos niños jugaban, los más mayores leían en silencio y las madres se afanaban en lavar la ropa o simplemente conversaban entre ellas para pasar el rato. La llegada del grupo de trabajadoras sociales no dejó a nadie indiferente, pues aquello no podía significar nada más que una cosa: malas noticias.

Una de aquellas mujeres voluntarias era Maribel Semprún. Esta mujer española, que había escapado de España tras la derrota de la República, llevaba unos meses en Lyon. Su padre era embajador en La Haya, y aunque ella y su hermano Jorge habían estudiado en Francia, jamás habían olvidado España. A su lado se encontraba el padre Glasberg, que podía entenderse con la mayoría de los refugiados en su idioma y siempre mostraba una gran empatía por todos ellos. Hélène Lévy, la psicóloga, acompañaba a las trabajadoras sociales por si alguna de las madres perdía los nervios o sufría algún tipo de crisis.

Maribel miró a Hélène y señaló a la madre húngara. Las dos mujeres se acercaron despacio y con la mayor delicadeza posible comenzaron a hablar con la mujer.

—Señora Fixler, necesitamos charlar un momento con usted.

Eva las miró con sus ojos grandes y grises. Los sufrimientos de los últimos años los habían ribeteado de arrugas, pero aún conservaba su hermosura.

—¿En qué puedo ayudarlas?

Hélène comenzó a hablar:

—Esta madrugada todos serán deportados a Alemania.

El rostro de Eva se estremeció: aunque la noticia no la pillaba por sorpresa, la realidad siempre es mucho más dura de afrontar que las meras sospechas.

—Yo no puedo ser deportada. Han hablado con las autoridades y han reconocido que todo lo sucedido es una terrible confusión. Los húngaros no pueden ser deportados, es ilegal.

Las dos mujeres se miraron entre sí, pues conocían el caso.

—Es posible que su embajador o el cónsul logren liberarlas, pero quedan muy pocas horas y tenemos que pedirle algo... —La psicóloga buscó las palabras más adecuadas, pero no las encontró.

—Tenemos que pedirle que renuncie a sus hijas —terminó diciendo Maribel.

Eva se quedó petrificada. Al principio pensó que no había entendido bien lo que le pedían, pero después notó cómo las piernas se le aflojaban y se apoyó en la cama. Su rostro palideció y su pecho comenzó a moverse agitado.

—¿Mis hijas? ¿Para qué quieren a mis hijas? No nos separaremos, al menos mientras pueda evitarlo.

Maribel puso la mano derecha sobre el hombro de la mujer. En la izquierda llevaba las autorizaciones, las cuales dejó sobre la cama, y comenzó a confortar a Eva.

—Sabemos que van a campos de trabajo donde no se admiten a niños. En cuanto lleguen a Alemania los separarán y tememos que los nazis puedan hacerles algo malo a los pequeños, ¿entiende?

La mujer seguía en estado de shock, cada vez respiraba más deprisa.

—Los nazis están eliminando a los niños y los ancianos, al menos eso es lo que nos han contado.

Las palabras de Hélène terminaron de despertar a la pobre mujer.

—¿Matan a los niños? Eso es imposible —dijo en tono bajo.

—Tenemos sospechas de que sí lo hacen —insistió Maribel mientras cogía de nuevo las autorizaciones.

La mujer negó con la cabeza.

—Es imposible. Los nazis son crueles y malvados, pero ni ellos son capaces de un acto tan vil.

—Le aseguro que sí lo son. La guerra en el este va mal y no quieren tener más bocas que alimentar —concluyó Hélène mientras intentaba aguantar la tensión tragando saliva para no llorar.

—Firme la renuncia a los niños, y si después no es necesaria la destruiremos. Se lo prometo.

Eva miró la hoja, tenía la sensación de estar viendo su sentencia de muerte. Sin sus hijas ya no quería vivir, todo carecía de sentido, pero tampoco quería ponerlas en peligro.

—¿Están seguras? —les preguntó de nuevo, pues seguía sin creer que los nazis fueran capaces de tal infamia.

—Me temo que sí. Vamos a pedir lo mismo a todas estas madres.

El resto de las mujeres se mantenían a una prudente distancia. No eran capaces de escuchar la conversación, pero el rostro de la mujer reflejaba un horror tal que la mayoría de ellas temblaban ante las inevitables malas noticias.

Eva se enjugó las lágrimas de los ojos. Debía ser fuerte, ahora más que nunca. Unos minutos antes había pedido a su hija mayor que cuidase de las más pequeñas. Aunque ella desapareciera, sus hijas al menos tendrían una oportunidad, y su recuerdo no moriría para siempre, al menos mientras alguna de las cuatro se mantuviera viva.

Maribel le acercó la hoja y la pluma, Eva miró a los ojos de la española, a quien parecía suplicar que no la pusiera en aquella terrible tesitura. Después tomó la pluma con mano temblorosa y escribió su nombre, acto seguido lo firmó y vio cómo el papel desaparecía de delante de sus ojos.

—No se preocupe, nosotros cuidaremos de ellas —dijo Maribel.

—Si me sueltan, ¿dónde podré buscar a las niñas?

Las dos mujeres se miraron, ya que era difícil determinarlo: el plan era entregarlas a familias de acogida o intentar enviar a los niños fuera del país.

—Si regresa la llevaremos con ellas —comentó Hélène sin demasiada convicción, ya que hasta el momento nadie que se había ido había vuelto con vida.

—Gracias —les dijo entre lágrimas.

Las dos mujeres se alejaron para hablar con la siguiente madre, dejando a Eva desolada, como si le hubieran arrancado el alma. Sus hijas jugaban muy cerca de la cama, parecían tan felices, ajenas a todo lo que sucedía a su alrededor. Envidió su inocencia, aquella capacidad para dejar las cosas pasar. Apenas se acordaba de su etapa infantil, pero tenía un vago recuerdo de lo que era vivir en la más absoluta ignorancia, de espaldas al mal que gobernaba el mundo.

29

Renuncia

Campo de Vénissieux, 28 de agosto de 1942

Fajgla Baumel pensó en salir del barracón con su hijo Jean cuando vio acercarse a Raquel, una de las trabajadoras sociales. Había llegado a sus oídos que eran ellas quienes llevaban a los niños al refectorio después de conseguir la renuncia de los progenitores. La mujer había llegado con un grupo de familias de Saint-Sauveur-de-Montagut, y todas las madres se habían mantenido unidas con la esperanza de ayudarse unas a otras.

—¿Ya sabe lo que vengo a pedirle?

La mujer respiró hondo, agachó la cabeza, y después cerró los ojos con la esperanza de que la joven desapareciera, como si todo aquello fuera una pesadilla.

—Tenemos que llevarnos a los niños por su seguridad. No sabemos lo que los nazis son capaces de hacer.

—Entonces, si no lo saben, ¿por qué quieren separarnos de nuestros hijos? Son lo único que nos queda.

Primero nos robaron nuestra vida, porque para ellos éramos poco más que animales; después tuvimos que dejarlo todo y huir a un país extranjero, donde siempre nos trataron como apestados; cuando pensamos que las cosas iban a mejorar, los nazis llegaron a Francia y se llevaron a nuestros maridos. Ahora nos arrebatan nuestra libertad, y lo único que nos queda son los niños. Si nos los quitan, nos dejarán sin alma.

—Nosotros no os los quitamos, vosotros debéis cederlos voluntariamente. Será por un tiempo, hasta que puedan regresar, y después volveréis a reuniros con ellos.

Fajgla frunció el ceño.

—¿Regresar? No creo que ninguno de nosotros regrese. Tengo familia en Polonia y me han contado lo que están haciendo con los judíos allí. Los matan a trabajar y a los más débiles simplemente... —La mujer no se atrevió a continuar la frase.

Raquel miró al niño que jugaba cerca de las dos. En el barracón apenas había luz, a pesar de que aún era de día, el cielo estaba oscuro y unas nubes amenazaban tormenta, como si el sol se hubiera negado a salir en un día como aquel.

—Entonces, razón de más para que permita a su hijo sobrevivir, ¿no cree?

—¿Sobrevivir? ¿A qué? ¿Merece la pena vivir en un mundo como este?

Raquel no supo qué contestar, las habían preparado a todas para convencer a las madres, pero ella misma se hacía aquella pregunta cada noche cuando llegaba a su casa. Los nazis les habían robado mucho más que la libertad: les habían arrebatado la esperanza.

—A veces debemos aferrarnos a lo poco que nos ofrece la vida. Cada día que su hijo esté vivo se encontrará más cerca de sobrevivir a la guerra y a este régimen monstruoso.

La madre no parecía reconfortada por aquellas palabras, pero en el fondo sabía que la joven tenía razón, ya que llevarse a su hijo con ella era condenarlo a muerte, y era incapaz de hacer algo así.

Fajgla tomó la hoja y la firmó sin leerla.

—¿Quiere despedirse del niño? —preguntó Raquel mientras guardaba el papel.

La mujer negó con la cabeza, mientras las lágrimas inundaban sus ojos negros y corrían por las mejillas rosadas hacia sus labios.

—No puedo, no quiero que me vea así y que esta sea la última imagen de mí que se grave en su rostro.

—Lo entiendo —dijo la trabajadora social.

Entonces, tomó al niño de la mano, y este la siguió dócilmente. Cuando se giró para buscar a su madre, ella ya había desaparecido entre las sombras.

Raquel dejó al niño en el refectorio y comenzó a llorar. Aquel era el cuarto pequeño que separaba de su madre, y cada minuto que pasaba sentía un poco más el peso de la culpa. Aunque era consciente de que con aquel simple gesto estaba salvando vidas, todas aquellas madres sufriendo le destrozaban el corazón.

George Garel intentó que la madre entrase en razón, pero esta se aferró a su hija con fuerza, como si él fuera a robársela.

—¡Dé una oportunidad a su hija! Lea debe vivir.

La madre le miraba con los ojos confusos, como si no le entendiera, mientras la niña se aferraba a sus faldas y lloraba asustada.

—¿Sabe lo que me está pidiendo?

—Sí, la decisión más dura del mundo, pero si se va con usted no tendrá ninguna oportunidad, ¿lo entiende?

La mujer comenzó a gemir y golpearse el pecho.

—¡Esto es una infamia! Por Dios, ¿cómo nos piden algo así? ¡Quitarnos a nuestros hijos! Dios no puede permitir una cosa tan terrible.

—Dios le está dando una oportunidad. Lea tiene que sobrevivir, si no ellos habrán ganado, ¿no lo comprende?

—Ellos ya han vencido si tenemos que perder a nuestros hijos.

George Garel no supo qué responder. La mujer se tiraba de los pelos y lloraba amargamente.

—Su padre ya ha firmado, solo queda usted —dijo el hombre.

Aquellas palabras parecieron calmar a la mujer.

—¿Ha firmado? —le preguntó nerviosa.

—Sí, mire —le confirmó mientras le enseñaba la hoja.

La mujer reconoció la letra de su esposo. De repente cambió de actitud, se secó las lágrimas y firmó.

Lea, que ya tenía trece años, no quería separarse de su madre. Ambas estaban muy unidas, lo hacían casi todo juntas, pasaban horas hablando de sus cosas, riendo y llorando, e imaginando el futuro de la niña, que quería estudiar para ser enfermera.

—¡Hija, vete! —le imploró la madre.

—No, mamá. ¡No me dejes ir!

—Vete, por Dios, antes de que se me parta el alma.

La madre la besó en la cara, notó las lágrimas saladas de la niña y con las manos atrapó un segundo su rostro, aquel hermoso rostro que tanto amaba. Miró sus grandes ojos marrones, su pelo castaño y largo, su muñequita, a la que ya no volvería a ver.

—Mamá —suplicó la niña, pero George la tomó de la mano y las separó.

En cuanto la niña atravesó la puerta, la madre empezó a gritar de nuevo, desesperada. Lea la oía mientras cruzaba el patio, donde el cielo parecía llorar por todas aquellas tristes almas rotas, mientras el tiempo se agotaba y la terrible sentencia se cernía sobre todos los refugiados del campo.

Los niños se acumulaban en la pequeña sala. La mayoría lloraba, y los mayores intentaban consolarlos y entretenerlos, pero el esfuerzo era inútil. El miedo y el sufrimiento son contagiosos. Entretanto, empezaban a escucharse los primeros relámpagos, que ahogaban los gritos lejanos de las madres que lloraban como siglos antes en la lejana aldea de Belén, cuando los niños también fueron arrebatados de sus madres por un rey tan cruel como Adolf Hitler, que no quería que escapara con vida el Mesías prometido a los hombres y anunciado por una estrella en el cielo. Una vez más la historia se repetía, las madres debían pagar por las acciones tenebrosas de los hombres.

30

Fichas azules

Castillo de Peyrins, 18 de diciembre de 1992

Valérie tomó el coche y se dirigió al castillo a pesar de la nieve. El camino no era muy largo y la carretera se encontraba en buen estado. Escuchaba en la radio una vieja cinta de France Gall y la canción de *Ella, elle l'a* sonaba a todo volumen mientras los campos de cultivo yermos por el frío sucedían a los bosquecillos deshojados del invierno. Desde que había tomado la decisión de escribir su tesis sobre los niños de Vénissieux, tenía la sensación de que una energía positiva lo invadía todo y se le abrían la mayoría de las puertas. Había logrado contactar con el responsable del castillo, que conservaba unas cajas de la época en la que el edificio resguardó a un buen número de niños judíos.

René Donot le había hablado de Eva Stein, una de las niñas que habían ocultado de los nazis. La familia Spielman también había encontrado refugio en el castillo, regentado por la señora Chesneau. A causa de la guerra, Germaine Clément había dejado los estudios y servía como enfermera. Tras casarse con Marcel Chesneau, a partir de 1942, cuando vieron lo que pasaba en Francia, decidieron dar refugio a los judíos perseguidos.

Valérie cruzó la verja y se internó en los dominios del castillo: un vasto jardín descuidado con un estanque alargado y paseos de plataneros enormes. La casa principal se dividía en dos alas, tenía un color crema algo deslucido y las contraventanas de madera le daban un aire campestre, con las hiedras ascendiendo por la fachada hasta los tejados redondeados.

En cuanto su coche frenó en la gravilla de la fachada principal, un hombre de aspecto elegante salió a recibirla, le sonrió y, tras franquearle la entrada, le dijo:

—Bienvenida al castillo. No está en su mejor momento, pero todavía guarda algo de su pasada gloria.

—Lo más bello de este lugar es que fue un refugio para los que más sufrieron durante la guerra.

—Eso es cierto —dijo el hombre mientras la invitaba a entrar a una amplia sala bien iluminada a pesar de la tenue luz del invierno.

—¿Aquí es donde estaban las familias?

—Se repartían por varios de los edificios. La dueña había instalado un timbre y el teléfono para avisar de la llegada de la Gestapo.

El hombre la llevó a la primera planta, después a la segunda y terminaron en una buhardilla apenas iluminada por una bombilla sucia. Tomó una caja y se la entregó.

—Nadie ha tocado nada desde mil novecientos cuarenta y cuatro, cuando los aliados liberaron la zona.

La mujer bajó la caja con cuidado, como si estuviera llena de porcelana china. La dejó en una de las mesas del salón y miró al hombre para pedirle permiso antes de abrirla.

—Por favor, proceda. Yo la dejaré a solas con la historia.

—Muchas gracias —dijo la joven mientras el hombre abandonaba la sala, pero antes de marcharse se asomó de nuevo por la puerta.

—¿Un café caliente? Hace un frío de mil diablos.

—Sí, por favor.

En cuanto se quedó sola abrió la caja de cartón, que estaba reblandecida por la humedad y el polvo. Sacó varios libros viejos, unos cuadernos, una pluma, fotos y, por último, una cajita pequeña. Se la quedó mirando unos instantes. Después intentó abrirla, pero tardó un buen rato en encontrar el cierre dorado bajo la tapa.

—Ahora —dijo mientras subía la tapa de madera. Dentro había unas fichas no muy grandes de color morado, aunque en origen posiblemente habían sido de un tono más bien azulado.

Tomó la primera y notó que sus manos temblaban, miró el encabezado y supo de qué se trataba. No pudo evitar que dos lágrimas brotaran de sus ojos azules y terminaran en el cuello de la camisa blanca. Las leyó con reverencia y después agachó la cabeza mientras sentía cómo todo el peso de la historia la doblaba hacia delante. Eran las renuncias de todos los padres durante la fatídica noche de agosto de 1942. Debía de haber más de sesenta, calculó. Las miró una a una mientras los ecos de los nombres y apellidos de todos los niños le rompían el alma.

31

Misión

Lyon, 28 de agosto de 1942

Klaus Barbie miró las fichas y después dio otra calada a su puro. Pensó que las cosas en el campo de Vénis-sieux iban viento en popa: las cuotas de deportados se estaban cumpliendo y sus superiores tenían que estar muy contentos. En principio su trabajo se centraba en perseguir a los miembros de la Resistencia, pero uno de sus amigos de Berlín le había pedido personalmen-te que revisara las deportaciones, ya que los miembros de las SS no se fiaban de los franceses. Sabían que, como latinos, eran demasiado sensibleros y poco fiables, siempre atentos a lo que dijeran los obispos, sobre todo el beato del mariscal Pétain.

El Hauptsturmführer tomó un poco de coñac y dejó que el alcohol le quemase la garganta. Después llamó a su secretario y le pidió que le preparase el coche. Estaba dispuesto a visitar el campo: aunque se hallaba bajo jurisdicción francesa y en territorio todavía de la Francia Libre, las SS y la Gestapo podían hacer prácticamente lo que quisieran. De hecho, varios altos funcionarios franceses les habían pedido ayuda para combatir a la Resistencia, que aumentaba día a día. Francia siempre había sido un territorio complejo, y los alemanes sabían que no podían destacar allí cientos de miles de soldados, por lo que su política de línea blanda se había traducido en rebeldía y hasta en el Gobierno de Vichy había miembros de la Resistencia infiltrados.

Cuando el coche estuvo listo, Barbie dio un último trago al coñac y se puso la gorra, bajó las escaleras de dos en dos canturreando hasta la puerta del edificio y al ver la lluvia, su buen humor se crispó de repente. Entró a toda prisa en el coche y se sentó sobre el cuero templado. Miró por la ventanilla: la ciudad parecía adormecida bajo la tormenta veraniega. Muchos de los habitantes estaban en su casa de campo o en las playas del Mediterráneo. Los franceses no habían dejado sus hábitos decadentes ni en plena guerra, se dijo mientras la ciudad fue quedando atrás.

El campo de Vénissieux se encontraba a las afueras de Lyon, cerca de una zona industrial, en los barracones militares abandonados de unas instalaciones del ejército francés. Cuando el coche se detuvo en el camino de tierra embarrado, el oficial de las SS se arrepintió de haber salido aquella tarde. Dos tristes gendarmes les abrieron en cuanto vieron el uniforme de Barbie y el vehículo aparcó a las puertas del edificio de administración. Le encantaba presentarse sin avisar y pillar por sorpresa a los funcionarios franceses. Sus rostros demudados reflejaban la cobardía de un pueblo que se había sometido a la raza superior casi sin luchar.

Barbie esperó a que su asistente le abriera la puerta, arrojara al suelo embarrado una capa, para que las botas del oficial no pisasen el barro, y le cubriera con un paraguas negro. El oficial se refugió bajo el porche, después taconeó las botas en el entablado de madera y entró sin llamar.

René Cussonat ya estaba de pie cuando Barbie cruzó el despacho a grandes zancadas.

—Capitán, un placer verle por aquí.

El funcionario mentía: no se alegraba nada de verle, aunque, por las referencias que manejaba, Cussonat era un antisemita convencido.

—Descanse. Solo quería supervisar cómo se están llevando a cabo las deportaciones.

—Todo funciona según lo previsto —dijo el jefe del campo, aunque no pudo evitar que su nerviosismo le hiciera sudar copiosamente. Tomó un pañuelo y comenzó a secarse la frente.

—¿Cuántas personas serán deportadas mañana?

—¿Quiere tomar algo, capitán? Tengo un magnífico calvados, el mejor aguardiente de Normandía.

Barbie jamás decía que no a un licor por fuerte que fuera.

Cussonat se lo sirvió en un vaso pequeño y después se puso otro para él. Lo tomaron de un trago, y entonces el francés comenzó a explicarle el plan.

—Ya se han llevado a los hombres y esta noche se irán en autobuses el resto de los refugiados. En total son mil trece, aunque hemos tenido que conceder algunas exenciones a las que nos obligan nuestras leyes.

El oficial alemán frunció el ceño y el francés le sirvió un poco más de licor.

—¿Cuántas de esas ratas se librarán?

Cussonat comenzó a tartamudear.

—Son unos pocos inválidos y viejos, además de una decena de menores no acompañados.

—¡Quiero la cifra exacta! —le exigió el oficial de las SS.

—Unos doscientos ochenta.

Los ojos de Barbie se desorbitaron.

—¿Qué demonios significa eso? Si no alcanzan las cuotas de deportados sufrirán las consecuencias.

—Hemos capturado más, llegaremos a las cuotas. No se preocupe —se justificó el gendarme.

—Claro que me preocupo, a diferencia de usted, yo estoy cumpliendo una misión sagrada. El Führer quiere que desaparezcan todos los judíos de Europa. Ya lo advirtió: si por causa de los judíos y el comunismo, Alemania entraba en una guerra, todos los judíos del continente serían exterminados.

—Ya sabe la opinión que tengo de los judíos. Esa raza maldita ha debilitado los valores eternos de Francia y nos ha reducido a un país mestizo, inmoral y decadente. Nuestro objetivo es común, os lo aseguro.

Barbie dio un puñetazo sobre la mesa y el francés le miró con el miedo reflejado en los ojos.

—Quiero que todos los prisioneros salgan esta madrugada para Alemania. Si se marchan todos antes del amanecer, nadie podrá detener la operación.

—Pero, mis superiores...

—Yo asumo toda la responsabilidad, ¿entendido?

—Sí, señor.

—No quiero tener que regresar a esta pocilga que huele a cerdo y mierda de vaca. Si no se cumplen las órdenes de Berlín, usted y su familia serán deportados. Se cumplirán los cupos cueste lo que cueste.

El oficial tomó el licor de un trago, se puso la gorra y salió del despacho dando un portazo. Sonrió mientras bajaba las escaleras de madera y entraba en el coche.

El chófer cerró la puerta y se puso al volante.

—¿Vamos al cuartel?

—No, tengo ganas de fiesta. El trabajo me excita. Dirígete al burdel de madame Boyer.

Klaus Barbie ya había sufrido la sífilis por su desmedido apetito por las prostitutas de lujo, pero no podía evitarlo: la única forma de sacar de su mente el trabajo y relajarse un poco era montar a una buena hembra de un país sometido y sentirse por unos momentos uno de los señores de la guerra que Adolf Hitler le había prometido que sería si le servía bien.

Mientras se acercaban de nuevo a Lyon y observaban el ancho río, Barbie se recostó en el asiento y se dijo que regresaría esa misma noche al campamento para comprobar que sus órdenes se cumplían, un buen alemán jamás debía fiarse de un francés.

32

General

Lyon, 28 de agosto de 1942

—Me niego, señores, mis hombres no son carceleros y mucho menos de mujeres, ancianos y niños inocentes —contestó el general Saint-Vincent al jefe de la división de policía del Ródano y al intendente.

El general Pierre Robert Saint-Vincent había servido fielmente a Francia después de una larga carrera militar. Su división no había retrocedido ni un ápice en la zona de los Alpes, y tras el armisticio fue nombrado comandante de la región militar de Lyon al mando de un cuerpo de ejército.

—Necesitamos a sus hombres para transportar a los judíos hasta la zona norte. Mañana mismo deben estar en la frontera.

—Nunca usarán mis tropas para tal operación —insistió el general de rostro delgado, ojos hundidos y pequeño bigote castrense.

—Son órdenes del presidente —dijo Lucien Marchais, el intendente.

—Por encima del presidente de la República se encuentra mi propia conciencia. ¿Cómo son capaces de mandar a civiles para que los nazis los exploten y los maten? Esos no son los valores de Francia.

—Las cosas han cambiado —apuntó el jefe de policía.

—Para mí no han cambiado. Me debo al honor de mi cargo y a Francia, pero también a Dios, y no puedo actuar en contra de mi conciencia. ¿Qué quedaría de nosotros como franceses si somos capaces de tal vileza?

El intendente se puso de pie indignado.

—¿Nos está llamando asesinos? Esos judíos son extranjeros, y la mayoría de ellos, ilegales. Si los reclaman los nazis, algo habrán hecho.

El general no alzó la voz ni se alteró, sino que permaneció sentado, levantó la cabeza y miró directamente a los ojos del intendente.

—La mayoría de los niños han nacido en Francia, pero el resto, aunque se trate de extranjeros, son seres humanos. Nuestro país fue el primero en redactar los derechos del ser humano, esos valores todavía significan algo para algunos de nosotros.

Los dos hombres comenzaron a apuntar con el dedo al general y el intendente le dijo furioso:

—Esto no quedará así, será depuesto de su cargo y se le retirarán todos los honores. Es un traidor a Francia.

—¿Yo soy el traidor? Sirvo a mí país como mejor sé.

—No sé da cuenta de que, si no cumplimos las peticiones de los nazis, ocuparán la Francia Libre y ya no podremos ayudar al resto de los ciudadanos.

Saint-Vincent se puso de pie, mostrando una figura aún gallarda, a pesar de la edad.

—A lo mejor de esa manera el país se levantará contra esos tiranos y sus cómplices. Ahora, márchense de mi despacho.

Los dos hombres salieron de la sala y mientras bajaban las escaleras el intendente le dijo al jefe de la policía:

—¡Esto no quedará así! Estamos en un momento muy delicado, en el que los alemanes dudan si seguir con la Francia Libre. ¿Qué importan un puñado de judíos? ¡Por Dios!, ¿es que todo el mundo se ha vuelto loco? El mariscal Pétain destituirá a ese traidor.

La furia del hombre no se calmó con sus palabras airadas, y en cuanto llegó a su despacho se puso en contacto con Vichy. No deseaba que aquel muerto le cayera a él: todo el asunto de los deportados olía a podrido y sabía que aquel tipo de cosas siempre terminaban repercutiendo en los escalones más bajos. «No me salpicará este asunto de mierda, no señor», se dijo.

33

Mary

Campo de Vénissieux, 28 de agosto de 1942

La tormenta descargaba con toda su fuerza mientras las trabajadoras sociales intentaban convencer a más progenitores para que les entregasen voluntariamente a sus hijos.

El padre Glasberg estaba con Jankiel, una mujer anciana que acompañaba a su nieta Hélène. La mujer estaba tan aturdida que llevaba un rato con la mano sobre el acta de delegación de paternidad.

—No soy su madre, es una responsabilidad muy grande para mí.

—Pero ¿acaso su hija no le pidió que cuidase de la niña?

—Sí, pero también me dijo que no me separase de ella por nada del mundo.

El sacerdote miró a la anciana con ternura.

—Entiéndame, a mí ya me queda poco tiempo de

vida. La guerra me ha pillado muy mayor. Hace años que vivo de prestado, pero ella es una niña que tiene toda la vida por delante. Se merece vivir, tener una oportunidad —dijo la anciana con los ojos vidriosos.

—Eso es precisamente lo que intentamos, darle una oportunidad. Si se va a Alemania las dos moriréis.

Glasberg era consciente de la dureza de sus palabras, pero después de hablar con muchos padres se había dado cuenta de que era la única forma de que reaccionaran, exponiéndoles la cruda realidad, aunque fuera una decisión tan fuerte.

La mujer firmó el papel, se lo entregó al hombre, y después se acercó a su nieta y la besó en el rostro.

—Pórtate bien, haz que me sienta orgullosa de ti. No podemos seguir este camino juntas, Dios nos separa aquí, pero estoy convencida de que sus ángeles te protegerán.

—Pero, abuelita, no quiero irme sin ti. ¿Quién te cuidará cuando yo no esté?

La anciana sonrió. Hélène siempre había sido una niña despierta y alegre, la luz de sus ojos.

—Dios cuidará de mí, por eso no te preocupes. Tu estarás con otros niños. Sé fuerte y valiente, no temas ni desmayes, como Dios le dijo a Josué cuando tuvo que terminar de conquistar la tierra prometida.

Una de las trabajadoras sociales se llevó a la niña, que a diferencia de las otras se marchó con cierta calma y sosiego, como si entendiera lo que estaba sucediendo.

El sacerdote se acercó a los padres de otros niños,

los cuales, en su mayoría, ya sabían lo que sucedía y cada vez era más difícil convencerles. El tiempo apremiaba, y todos temían que los gendarmes los sacaran de los pabellones sin permitirles hablar con nadie más.

—Su marido ya ha firmado, únicamente queda la suya —dijo el sacerdote a una mujer.

La madre miró a sus hijos. Estaba acostumbrada a tomar decisiones duras, pero aquella era la más difícil de su vida.

—Mi nombre es Mary —dijo al sacerdote.

—Mary, por favor, firme la renuncia.

—He visto muchas cosas. En Bruselas tuve que atender a los heridos de la guerra y sé que esta es despiadada, pero no podía imaginar que tanto. ¿Sabe lo que nos está pidiendo?

—Una vez una madre tuvo que entregar a su hijo para que muriera por la humanidad. Pasó hace dos mil años, pero todavía lo seguimos recordando, porque gracias al sacrificio de esa madre estamos todos nosotros aquí. También se llamaba Mary, como usted.

Mary firmó la hoja y después dio un largo abrazo a sus hijos.

—No os olvidéis de abrigaros bien, de lavaros las manos antes de comer, no os peléis, acostaos pronto y jamás faltéis el respeto a un adulto, ¿entendido?

Los pequeños afirmaron con la cabeza, ella los abrazó de nuevo y sus lágrimas mojaron sus cabezas rubias.

El sacerdote dejó el barracón para dirigirse a otro. Eran las diez de la noche pasadas y la lluvia arreciaba.

Vio a lo lejos a Hélène Lévy y Charles Lederman junto a un niño pequeño que parecía tranquilo. Los tres tarareaban una canción infantil. En ese momento el sacerdote ya no aguantó más y se echó a llorar, protegido por la escasa luz nocturna mientras la canción rompía el silencio de aquella noche oscura del alma:

Un kilomètre à pied
ça use, ça use,
un kilomètre à pied, ça use les souliers.
Deux kilomètres à pied
ça use, ça use,
deux kilomètre à pied, ça use les souliers.
Trois kilomètres à pied
ça use, ça use,
trois kilomètres à pied, ça use les souliers.
Quatre kilomètres à pied
ça use, ça use,
quatre kilomètres à pied, ça use les souliers.
Cinq kilomètres à pied
ça use, ça use,
cinq kilomètres à pied, ça use les souliers.
Six kilomètres à pied
ça use, ça use,
six kilomètres à pied, ça use les souliers.*

34

Lévy

Campo de Vénissieux, 28 de agosto de 1942

Mientras las escenas dramáticas se extendían lentamente por el campamento, las trabajadoras guardaban las fichas en una caja de madera, pero aún quedaban muchos niños y eran casi las once de la noche. El tiempo se agotaba y no querían que ningún pequeño tuviera que partir a una muerte segura. Las gemelas Weichselbaum se habían unido a los cantos del resto de los niños en el refectorio, en un intento por combatir el miedo a la oscuridad y la tristeza. Las dos niñas se balancean nerviosas, tal vez con ganas de orinar, pero con demasiada vergüenza para reconocerlo. A su lado estaban Elisabeth Hirsch, las hermanas Lévy y Madeleine Dreyfus.

Elisabeth Lévy, a pesar de tener poco más de quince años, se esforzaba en cuidar a los más pequeños, e intentaba convencerlos de que se trataba de una excursión.

Unos sesenta niños se agolpaban en un espacio muy reducido, sudaban, tenían sed y allí olía a heces y a pies, aunque todos estaban acostumbrados a estar en lugares incómodos, fríos, sucios y, en ocasiones, oscuros.

El sacerdote se acercó a la chica y le puso una mano en el hombro.

—Gracias por tu ayuda, creo que la canción ha calmado a la mayoría.

—Siempre me han gustado los niños, de mayor quiero ser profesora.

—Seguro que lo conseguirás.

—¿Faltan muchos? —preguntó la chica.

—Al menos unos cuarenta, pero las trabajadoras están con ello ahora mismo.

La chica dio un suspiro. La guerra ha hecho madurar a todos demasiado rápido, robándoles la inocencia antes de tiempo.

—Usted es sacerdote, ¿por qué Dios permite algo así?

Gilbert se quedó mudo unos momentos. Muchas veces él mismo se había hecho esa pregunta, como seguro que se la hacían millones de personas que estaban sufriendo en aquel momento por toda Europa y en el resto del mundo.

—¿Puedo contar una historia? —dijo el padre Gilbert.

En cuanto los niños oyeron la palabra «historia», se arremolinaron a su alrededor.

—Un día un hombre viejo al que le había costado mucho tener hijos recibió un mensaje de Dios. Se llamaba Abraham, y había dejado su pueblo en busca de una tierra prometida. Dios le había garantizado que tendría una descendencia tan numerosa como las estrellas del cielo y la arena del mar, pero solo había tenido un hijo con su esposa Sara, cuando ambos eran ya muy mayores. El mensaje de Dios era terrible: debía llevar a su hijo Isaac a un monte y sacrificarlo. El joven ya no era un niño, por lo que su padre le ocultó el plan. Caminaron un día entero. Isaac, que acarreaba la leña, en un momento del camino le preguntó a su padre cuál sería el sacrificio. Abraham le dijo que Dios proveería. Cuando llegaron a la cima de la montaña, Abraham preparó el altar y su hijo se dio cuenta de que él era el sacrificio. Al final Abraham vio enredado en unas ramas a un cordero y lo sacrificó en su lugar. Con este gesto Dios estaba prohibiendo los sacrificios humanos a los dioses tan comunes en época de Abraham. Fue una lección aprendida de una forma muy dura, pero en la actualidad en Occidente nadie cree que el sacrificio humano sea correcto. Tal vez la guerra también nos quiera enseñar una lección que somos incapaces de aprender. La lección de que matarse por ideas, por creencias o por banderas es absurdo, porque todos los seres humanos pertenecemos a una única raza y somos hermanos los unos de los otros.

35

Garel

Campo de Vénissieux, 28 de agosto de 1942

A medida que llegaban más niños al refectorio, el calor y el hacinamiento se hacían más insoportables. Maribel Semprún y el resto de las trabajadoras intentaban calmar a los niños, mientras otro grupo convencía a los últimos padres para que les dejaran a sus hijos. Entonces entró George Garel junto a dos chicas que se aferraban a él con fuerza: no querían separarse de su hermano mayor. Ambas tenían dieciséis años, pero al ser bajas de estatura habían logrado pasarlas como menores de edad.

—¡Por favor, no dejen que se lleven a mi hermano! —imploraban las dos chicas, mientras que George intentaba soltarse.

Maribel se acercó a ellas para calmarlas.

—Es un milagro que podáis venir vosotras, pero él es demasiado mayor y no podemos decir que tiene menos edad. Los gendarmes podrían enfadarse y no dejar que salieran ninguno de los niños, ¿lo entendéis?

Las chicas no dejaban de suplicar con lágrimas en los ojos.

—Es lo único que nos queda de nuestra familia: lo hemos perdido todo. Por favor, salven a mi hermano, solo tiene diecisiete años.

—No importa, estaré siempre en vuestros recuerdos. Mamá y papá querrían que al menos vosotras os salvaseis. Sois dos hermanas maravillosas, ayudaos una a la otra y no olvidéis que sois judías.

En cuanto el joven dejó la sala, las dos chicas intentaron ir tras él, pero Maribel las detuvo, las abrazó y lloró con ellas.

—Yo cuidaré de vosotras, tal vez vuestro hermano regrese algún día, no perdáis la esperanza.

Las palabras de Maribel aún resonaban en los corazones de todos cuando dos chicos trajeron a las hijas de la señora Fixler; el cónsul no había logrado sacar a la familia del campo, y la separación era definitiva.

En medio de aquel caos uno de los jefes de policía, Marchais, se aproximó hasta el padre Glasberg.

—Haga que no griten, si siguen así les meteremos a todos en un autobús.

El sacerdote le miró asombrado.

—¿Usted no gritaría si se llevaran a sus hijos?

El policía frunció el ceño. No se había puesto en la piel de aquella gente hasta ese momento. Para él eran simplemente trabajo, no seres humanos viviendo uno de los peores momentos de su vida. Glasberg esperó la respuesta con impaciencia, y al final el policía afirmó con la cabeza, imaginando a sus dos hijos pequeños.

—Yo también gritaría, pero, por favor, intente calmarlos, que si el director del campo se entera de lo que está sucediendo, todo el trabajo que han realizado esta noche habrá sido inútil.

—Gracias —contestó el sacerdote.

Al final, que algunos gendarmes hicieran la vista gorda aquella noche hizo posible que los niños pudieran escapar.

La medianoche se acercaba y sabían que después ya no podrían hacer nada más. Lili intentaba rescatar a más niños, pero los últimos padres se resistían a dejar a sus hijos a unos desconocidos, sin tener la certeza de que les iba a ir mejor con ellos que con sus propios padres.

La joven se acercó a Maribel y comenzó a llorar.

—¿Te encuentras bien?

—No, acabo de ver a una madre entregando un collar a su hijo para que lo lleve siempre y no se olvide de ella. Dios mío, esto es terrible. No estoy preparada para algo así.

La española abrazó a la joven. Aquella era una noche de emociones intensas, pero debían continuar, ya que aún quedaban niños por salvar.

Lili salió con Maribel de nuevo afuera. La tormenta arreciaba, el aire se había llenado de olor a humedad y polvo y el agua las empapó en un instante, pero ninguna de las dos sentía las gotas, parecían hipnotizadas por su misión. Aún tenían que conseguir firmas y el tiempo apremiaba. Al acceder a uno de los barracones se fue la luz en el campo y la oscuridad lo invadió todo, y lo único que brillaba eran los rayos que se aproximaban lentamente y el sonido de los truenos que hacían vibrar las ventanas de los pabellones.

Las dos mujeres entraron en el barracón a oscuras, y a pesar de la tenue luz de alguna vela, los rostros de aquellas mujeres, como si de fantasmas se tratara, les observaban. La mayoría tenía a sus hijos agarrados, como si temieran que aquellas trabajadoras pudieran llevárselos a la fuerza.

—No tenemos tiempo, así que por favor escúchenme, lo que van a oír es muy duro: si se llevan a sus hijos, les exponen a una muerte segura. Firmen las renuncias y salven sus vidas.

El grito desesperado de Lili surtió algo de efecto y varias mujeres se aproximaron.

Una madre acercó a su hijo hasta la joven y le dio su mano.

—Por favor, sálvele. Que al menos él sobreviva. He oído lo que pasa en los campos de Alemania y Polonia.

El niño pequeño miró muy serio a su madre, pero sin verter una sola lágrima. Lili le dio la hoja a la mujer, y esta la firmó y se la devolvió.

Otra madre no dejaba de aferrarse a su hijo, hasta que George Garel se acercó hasta ella.

—Por favor, dele la oportunidad de vivir.

La mujer abrió los brazos y dejó que su hijo se alejase, aunque en cuanto se lo llevaron del barracón comenzó a llorar desconsolada.

Anna, una chica muy joven, puso su mano delante de los ojos de su hermano para que no viera todo aquel sufrimiento, y ella misma rellenó la solicitud como única responsable del niño y le despidió con un beso.

Maribel parecía aturdida ante tanto dolor.

Una mujer entregó a sus dos hijas al padre Glasberg, y se dirigió a él en yiddish.

—Son lo que más amo en el mundo.

—Las cuidaremos —contestó el sacerdote a la vez que tomaba las maletas de las niñas.

Jules y Anna se despidieron de su madre sacudiendo la mano, mientras ella contenía las lágrimas. Anna tenía diecisiete años, pero aparentaba menos. Para Jules fue muy duro, ese día cumplía años.

Lili se acercó a otra madre que se había rendido. Su hija Mela estaba cerrando su pequeña maleta, y antes de despedirse de ella, se arrodilló y le colocó sus pendientes.

—No me olvides, siempre estaré contigo, como estos pendientes.

La niña parecía no comprender lo que quería transmitirle su madre.

Cuando todos los pequeños salieron del barracón los gritos de desesperación y dolor comenzaron a crecer hasta convertirse en un bramido, y varias mujeres se desmayaron al ver partir a sus niños, sus pequeños, aquellos por los que lo habían dado todo. Fuera la tormenta arreciaba, la oscuridad de aquella noche de agosto contrastaba con el día luminoso que amanecería al día siguiente, como si hasta la luna estuviera llorando por todas esas familias rotas y aquellos niños abandonados.

36

Valence

Valence, 28 de agosto de 1942

La mayoría de las veces los planes de los hombres no se cumplen. Nos creemos los señores del universo, pero no somos más que una minúscula partícula irrelevante y pasajera. Al menos así se sentía Justus cuando llegó a Valence. Sus amigos ya no estaban allí. Pensó en intentar una fuga por los Pirineos, pero era consciente de que una nueva captura supondría una muerte segura.

La señora Lelièvre le había facilitado una dirección, por si cambiaba de opinión, en La Baume-Cornillane, una pequeña localidad cercana. Una dama protestante llamada Sayns estaba dispuesta a acogerlo en su casa si lo necesitaba.

El joven judío había vivido demasiado tiempo independiente como para intentar adaptarse de nuevo a un hogar, aunque en el fondo aquel desarraigo le producía una profunda tristeza. Extranjero, perseguido y despreciado, con la sensación de que no encajaba en ninguna parte y, peor aún, que a nadie le importaba lo que pudiera sucederle, Justus había asumido que su existencia en el mundo era irrelevante.

Mientras se dirigía hacia la casa de la señora Sayns, evitando los caminos principales, se topó con las vías del ferrocarril, y comenzó a caminar por ellas haciendo equilibrios, hasta que vio cómo se acercaba un tren en la lejanía. Su primera intención fue apartarse, pero por un instante le fascinó aquella poderosa máquina que se aproximaba hasta él. Sintió deseos de terminar con todo, ya que no hallaba una salida. Era como si las cosas hubieran dejado de tener sentido para él. Pensó en sus padres, quienes a aquellas alturas, sospechaba, debían de estar muertos, al igual que sus tíos y primos. Se encontraba solo en el mundo.

El tren se aproximaba a tal velocidad que empujaba un aire recio. El foco de la máquina le apuntó a los ojos, y por un momento lo deslumbró. Se tapó la cara con la mano, y un pensamiento fugaz acudió a su mente a la vez que el rostro de su madre se le aparecía y le susurraba: «Vive, por todos nosotros, por tus ancestros, que ellos no logren destruirte. Todos nosotros vivimos en ti, no nos olvides».

Las lágrimas de Justus le empañaron los ojos. Notó la locomotora cerca, el humo blanco que cubría el horizonte oscuro, y mirando a la bestia, se lanzó a un lado. El tren pasó a pocos centímetros de su cara, parecía furioso por no habérselo llevado por delante.

Se levantó del suelo algo dolorido, se sacudió el polvo y caminó durante toda la noche hasta la casa de la señora Sayns. Cuando llamó a la puerta, salió a abrirle una mujer de mediana edad. Tenía el pelo recogido y canoso, una sonrisa sincera y unos ojos avispados.

—Soy Justus Rossemberg...

—Sé quién eres, pasa, la noche está desapacible.

La tormenta había comenzado unos minutos antes, y el aire caliente se había tornado en un viento recio y frío. En cuanto Justus pisó el salón, por primera vez en mucho tiempo se sintió en casa. La mujer le preparó un caldo y le hizo la cama. Durante la cena, charlaron amigablemente.

—¿Cómo te encuentras?

El joven no supo qué responder. Parecía que la mujer de verdad se preocupaba por él.

—Me siento muy solo —dijo, y se echó a llorar.

La señora Sayns se levantó de la silla y le abrazó.

—Ya no estás solo, nunca más lo volverás a estar.

Mientras el viento soplaba fuera y la noche se oscurecía, hasta el punto de devorar todo a su paso, en aquella pequeña casa resplandecía un candil que ya nadie podría apagar: la esperanza de dos desconocidos que se unen para vencer a la soledad, que siempre nos anuncia muerte y dolor. Esperanza contra esperanza.

37

Música y amor

Campo de Vénissieux, 28 de agosto de 1942

Zelman Berkowicz había firmado unas horas antes la
renuncia a su hija. Había sido la decisión más difícil de
su vida. Siempre había intentado hacer lo correcto,
aunque era consciente de que en muchas ocasiones no
lo había logrado. El padre Glasberg le había explicado
la situación y la había entendido enseguida, pues sabía
que ser padre era sufrir y preocuparse, aunque la sonrisa de Rachel compensaba con creces todos sus desvelos. No poder protegerla le hacía sentirse tan débil e
insignificante que hubiera deseado quitarse la vida
como muchos de los hombres que tenía alrededor,
pero en su interior una fuerza vital le impulsaba a continuar luchando, a pesar de que sabía que la batalla
estaba perdida. A su lado, cabizbajo, se encontraba
Jankiel Raychmann.

—No podía imaginar que tuviéramos que hacer

algo así. Es como si el mundo se hubiera vuelto loco —dijo Jankiel, sin levantar la vista del suelo.

Zelman negó con la cabeza. Era consciente de que siempre habían existido genocidas como Adolf Hitler, pero que únicamente triunfaban cuando todo un pueblo estaba dispuesto a convertirse en cómplice de sus crímenes.

—No olvides lo que pasó en Egipto, cuando el faraón ordenó asesinar a todos los varones de Israel, pero Dios hizo que la hija de aquel dictador genocida cuidase a Moisés, que un día salvaría a nuestro pueblo de las tinieblas de Egipto y nos sacaría de allí con mano firme.

—¿Dios? ¡Maldigo a Dios! ¡Y nos llama su pueblo elegido! ¿Qué tipo de Dios permite algo así?

Zelman no discutió con su amigo: tenía todo el derecho a sentirse furioso. Transcurrido un rato, Jankiel le miró.

—Entonces ¿crees que todavía hay esperanza?

—Si nuestros hijos viven, sí la habrá. Recuerda lo que dice el talmud: «Basta que exista un solo hombre justo para que el mundo merezca haber sido creado».

Mientras los dos hombres arrastraban su tristeza e intentaban engañar a su desdicha, Rachel miraba con tristeza a Fany. Lili había ido a por ella y, mientras recogía el violín y su maleta, su madrastra intentaba aguantar el llanto.

—No quiero que me olvides —le dijo mientras la abrazaba.

—No podría hacerlo —contestó la niña más dulce de Francia.

—Algún día nos volveremos a ver, esto no es el fin.
—Las lágrimas de Fany al final inundaron sus hermosos ojos, esos ojos que habían enamorado a su padre, aunque era más bella su alma que su rostro—. Toca el violín y arranca la tristeza de tu corazón compartiendo con otros tu música.

La niña se fue de la mano de Lili hacia donde se encontraban ya casi todos los niños del campo. La joven trabajadora social se sentía agotada. El reloj estaba a punto de marcar las doce de la noche y, como en un cuento de hadas, la magia que les había ayudado a superar todos los obstáculos terminaría. Aún quedaban horas muy amargas, sobre todo cuando los niños vieran partir a su familia.

Rachel miró a su alrededor y vio a los niños asustados por la tormenta y la oscuridad. Entonces, se sentó sobre su maleta de cartón, sacó el violín de la funda y comenzó a tocar. El silencio sucedió de inmediato a los lamentos y gritos de los pequeños. Las notas inundaron el caluroso refectorio, acunaron a los más pequeños y llamaron la atención de los más mayores. Todos sintieron una paz inexplicable, la sensación de que, al menos, detrás de esas notas se escondía una belleza que no podría acabar con el dolor, pero sí apaciguarlo. Mientras Rachel tocaba su violín, un pedacito de cielo iluminó el pequeño infierno en el que algunos hombres malvados habían convertido al mundo, y permitió que los corazones de todos aquellos niños recuperasen por un momento el sosiego.

38

Bilis

Lyon, 29 de agosto de 1942

Klaus Barbie salió del prostíbulo tambaleante, y su asistente lo ayudó a subir al coche. Eran las tres de la madrugada y la tormenta aún no había cesado. La luz se había ido en algunas partes de la ciudad y las calles desiertas parecían más inquietantes que nunca. Apenas se veían vehículos, y el agua circulaba como ríos improvisados por las aceras elegantes de Lyon. La ciudad tenía su lado oscuro en los barrios obreros, donde miles de personas consumían su vida para alimentar una de las industrias del lujo del país: la moda. Pero en el barrio de Saint-Jean, donde había nacido la ciudad y que se había convertido en la capital de la Galia en época romana, las calles y los palacetes lujosos hacían palidecer a los de otras ciudades de Europa. El capitán de las SS disfrutaba de un lujo que jamás había soñado en su localidad natal, Bonn, o en Tréveris, donde había estudiado. El sueldo de su padre jamás les había permitido tener muchos lujos y, como a la mayoría de los alemanes, la crisis de 1929 los había llevado a la ruina. La muerte de su padre le había truncado la oportunidad de estudiar en la universidad, y alistarse a las Juventudes Hitlerianas era lo que le había permitido sobrevivir. Se sabía más inteligente que la media de sus compañeros de milicia y armas, ya que la mediocridad era la tendencia dominante en las filas de las SS, pero aquello ya no importaba: lo que convertía a un hombre en alguien superior era la raza. En Francia no era un petimetre de clase media baja, era un dios, temido y respetado por todos.

—¿Dónde vamos, señor?

Barbie titubeó unos instantes, pues el sueño estaba a punto de vencerle, pero sabía cumplir con su deber.

—Al campo. Tengo que comprobar que esos malditos franceses estén haciendo su trabajo.

—Llueve a cántaros, señor.

El capitán se incorporó hacia delante y, como si su mente se hubiese despertado de repente, le contestó:

—¿Desde cuándo le he pedido que piense?

El chófer y asistente se quedó mudo, arrancó el coche e hicieron el resto del camino en silencio. Unos quince minutos más tarde, se hallaban frente a las puertas del campo. Los guardas conocían el vehículo, les abrieron y se dirigieron a la oficina. En un lado de la calle se encontraban los autobuses para transportar a los prisioneros, custodiados por un gran número de policías, que parecían somnolientos y frustrados por tener que trabajar durante la noche.

El oficial alemán se quedó unos segundos en la parte trasera del coche en silencio. La cabeza le daba vueltas, y necesitaba un café, pero tenía clara su misión: conseguir que la mayor parte de esos judíos fueran enviados a Alemania. Sabía perfectamente lo que les esperaba, puesto que las órdenes del jefe de las SS, Reinhard Heydrich, eran muy claras: los alemanes debían solucionar el problema judío cuanto antes. A la masa tremenda de judíos polacos se sumaba cada día la de los miles de judíos rusos y de otros países del Este. No era viable mantenerlos en guetos. Los judíos eran como las ratas, capaces de sobrevivir a casi todo, por eso había que tratarlos como a esos infectos animales. No cabía compasión ni misericordia, aunque a veces sus víctimas pudieran asemejarse a niños, mujeres o inocentes ancianos, en el fondo eran una plaga peligrosa que terminaba corrompiendo a los pueblos.

Barbie salió del vehículo y notó el viento desasosegante de la tormenta. Todo estaba a oscuras, únicamente brillaban los faros de los autobuses y los de su coche enfocando el barracón de enfrente. Caminó por el barro hasta la oficina del director del campo y entró sin llamar.

Cerca del barracón una de las trabajadoras sociales observó la figura del oficial de las SS y corrió hasta el refectorio para hablar con el padre Glasberg. Justo cuando estaban tan cerca de salvar a los niños, todo podía irse al traste.

39

Despedida

Campo de Vénissieux, 29 de agosto de 1942

Eran más de las cuatro de la madrugada, pero aquella noche nadie había pegado ojo en el campo. Los nervios estaban a flor de piel mientras los prisioneros esperaban en la oscuridad de sus barracones. El padre Gilbert estaba agotado: había apurado hasta el último momento para salvar al mayor número de niños. Sus colaboradoras le habían dicho que ciento ocho pequeños ya estaban a salvo, pero él pensaba en los que aún quedaban y, sobre todo, en los menores de cinco años. Los bebés y niños más pequeños tenían que quedarse con sus padres, y él sabía lo que suponía eso.

Los autocares ya esperaban a un lado de la calle, los policías se movían inquietos dentro de los vehículos, como leones enjaulados impacientes por devorar a sus presas y, para colmo, ahora había un nazi rondando por el campo. Tenían que hacer algo para distraerle y que no descubriera su plan, al menos hasta que los niños estuvieran lejos de allí.

Los autocares estaban aparcados fuera del campamento, en un lugar discreto, pero si los gendarmes o los nazis los encontraban, todo el trabajo habría sido en vano y no podrían salvar ni a uno solo.

Glasberg regresó al refectorio y vio a los niños hacinados, sudorosos y asustados, a pesar de los esfuerzos de los cuidadores por tranquilizarlos. Se preguntó cómo los sacarían de allí sin que hicieran ruido. Era casi imposible que más de cien niños se mantuvieran callados y tranquilos en una situación como aquella.

Lili, Maribel y Elisabeth intentaban tranquilizarse mientras fumaban un cigarrillo en la entrada. Cuando vieron a las sombras moverse, las tres se echaron a temblar. Eran los hombres y mujeres que los gendarmes llevaban hacia los autobuses. El grupo se desplazaba en orden, despacio, sin aspavientos a pesar de la lluvia. Tal vez temían que su desesperación pudiera poner en peligro a sus hijos.

Los autobuses debían transportarlos a poco más de un kilómetro de distancia, al apeadero de Saint-Priest, donde un tren los llevaría a Drancy y, desde allí, a Alemania.

Las tres jóvenes se quedaron mudas ante aquel espectáculo tan macabro.

El padre Glasberg salió del refectorio con unos papeles en la mano y se acercó hasta los autobuses: quería intentar salvar a alguien más, aunque fuera solo a uno.

—¿A dónde va? —le preguntó un cabo de los gendarmes mientras le detenía con la mano.

—Algunas de estas personas están exentas —dijo el sacerdote.

El policía frunció el ceño. No quería problemas ni revueltas de última hora. El trabajo era sencillo: llevar a esas poco más de quinientas personas hasta el tren y ponerlas bajo custodia de alemanes y policías franceses.

—Por favor, retírese, no haga la situación más difícil de lo que es.

El sacerdote dio un par de pasos atrás. Sentía el agua correr por su rostro y mezclarse con sus lágrimas. Algunas de las personas que salían del barracón le saludaban inclinando la cabeza, reconociendo de alguna manera su esfuerzo.

Todo parecía en calma hasta que se oyeron gritos al pie de uno de los transportes.

—¡No voy a entrar! ¡Soy un héroe de guerra y debería estar exento!

Los gendarmes forcejearon con Erich Altmann, quien agredió a uno de ellos. Los policías comenzaron a golpearlo con fuerza y lo empujaron dentro del autobús. El hombre, aturdido y con el rostro sangrante, se arrastró por el suelo hasta que Julius Stein le ayudó a incorporarse.

—Tranquilo, siéntese aquí.

Poco a poco, el primer autobús se llenó con hombres y comenzó a moverse en dirección a la entrada. A unos metros, otro de los autobuses ya esperaba frente a una de las filas de deportados. Allí las madres se agolpaban hasta que un policía les ordenó que subieran al transporte. Las primeras eran las mujeres de Saint-Sauveur. En cuanto estuvieron todas sentadas, el autobús se puso en marcha y, para poder girar con más comodidad, pasó por delante del refectorio, donde se encontraban todos los niños. Las trabajadoras sociales intentaron impedir que estos se asomaran a las ventanas, pero en cuanto oyeron el motor, la mayoría se encaramó y apretujó frente a las vidrieras. En cuanto las miradas de las madres y sus hijos se cruzaron, comenzaron los lamentos y las lágrimas. Les separaban apenas unos metros, pero en el fondo era todo un abismo de dolor y desesperación. Las mujeres sabían que aquella era la última vez que verían a sus hijos, por ello se abrazaban y gritaban incapaces de contenerse.

Lili y el resto de las cuidadoras intentaron bajar a los niños de las ventanas, pero ya era demasiado tarde: estos golpeaban los cristales y gritaban desesperados. Solo los más mayores miraban con resignación a sus madres por última vez. En aquel momento se arrepentían de la última discusión con ellas por algún asunto estúpido o por no haber pasado más tiempo a su lado. Ahora que la vida les robaba su compañía, no podían sentirse más angustiados.

Cuando al final el autobús se alejó, George entró en la sala con dos niños, uno en brazos y el otro de la mano. Oscar y su hermano Manfred eran los dos últimos rescatados, y estaban tranquilos, hasta que vieron a todos los niños llorando y gritando llamando a sus madres.

Mientras el autobús salía por las puertas del campo, miró a su alrededor, y por un momento dudó si habían hecho bien. Aquellos pequeños estarían marcados de por vida, nunca olvidarían aquella desapacible y triste noche de agosto.

40

Peligro

Campo de Vénissieux, 29 de agosto de 1942

Klaus Barbie miró fijamente al director del campo. Ambos hombres habían visto partir a los autobuses, pero el alemán estaba ofuscado.

—Algo más de quinientas personas: eso es una miseria. ¿Dónde están los demás?

—Bueno, ya le comenté que hemos tenido que liberar a muchos por tener alguna exención.

—¡Le ordeno que vuelva a capturarlos y los deporte de una vez! —bramó el capitán de las SS al amedrentado director del campo.

—No está en mi mano, son mis superiores los que deben quitarles la inmunidad. Yo los metería en el campo si pudiera, ya sabe lo que pienso de los judíos.

Klaus Barbie se sentía algo mareado a pesar del café que había tomado, y el dolor de cabeza no le permitía pensar con claridad.

—Pues será mejor que los llame. Levante a quién sea, si no esos judíos se escabullirán y será mucho más difícil atraparlos.

El director tomó el teléfono y se quedó con el aparato en la mano antes de marcar el número del intendente, sabía que no le iba a gustar nada que le llamase a esas horas.

Barbie se puso de pie y miró por la ventana. Después se dio la vuelta y miró al hombre, que estaba sudando.

—¿Por qué no había niños en los transportes?

El director colgó el teléfono y se aflojó la corbata.

—¿Niños? ¿Qué quiere decir?

—Vi a unos pocos de los más pequeños, pero ¿dónde estaba el resto de los niños?

—Ya le he comentado que se han dado una serie de exenciones.

El oficial se puso la gorra y dirigió una mirada desafiante al francés.

—¿Dónde están los niños? No volveré a preguntárselo.

El hombre se encogió de hombros. Estaba paralizado por el miedo y el nerviosismo.

El oficial sacó su arma y le apuntó.

—Quiero que me lleve ahora mismo hasta ellos, ¿lo ha entendido?

El director levantó las manos y asintió con la cabeza. Después salió de detrás del escritorio y se dirigió a la puerta. Sabía que si no complacía a aquel hombre estaba muerto, y que nadie le pediría cuentas por su vida, por lo que era mejor obedecer que morir en aquel vertedero humano, y estaba dispuesto a hacer cualquier cosa para salir de allí con vida.

Barbie estaba furioso, y era capaz de cualquier cosa para conseguir que sus superiores estuviesen satisfechos. Mientras apuntaba al director se preguntaba cuándo podría regresar a casa. En el fondo, todo aquello le producía un gran vacío: cuanto más eficientemente hacía su trabajo y endurecía su corazón, más le costaba sentir nada. El alcohol y el sexo amortiguaban en parte su profunda soledad, pero echaba de menos a su esposa y a su hija. Sabía lo dura que era la guerra, pues había estado en el frente ruso, pero sobre todo era consciente de que aquel puesto, además de privilegiado era seguro. Cuanto más tiempo se mantuviera lejos de la guerra, más posibilidades tendría de sobrevivir y conseguir cumplir todos sus sueños en aquel maravilloso Tercer Reich, que según su Führer iba a durar mil años.

41

Fuga

Campo de Vénissieux, 29 de agosto de 1942

El cielo estaba aún muy oscuro, y la claridad que intentaba abrirse camino por la línea del horizonte chocaba con las espesas nubes que se resistían a retirarse. La mayor parte de los gendarmes se habían marchado para acompañar los autobuses de los prisioneros, pero quedaban algunos en la puerta y en las oficinas del director. El plan era llevar a los niños a una sala que los *scouts* judíos habían preparado en el convento carmelita de Lyon. Desde allí intentarían enviarlos a un lugar seguro. Aquellas instalaciones eran utilizadas habitualmente por los *scouts*, por lo que pretendían pasar desapercibidos.

El padre Glasberg y Gilbert Lesage reunieron a todos los voluntarios para comunicarles cuál era el plan. Aunque ya les habían explicado algunos detalles, la tensión del momento les mantenía a todos muy nerviosos. Lili, Madeleine, Hélène, Elisabeth, Maribel y Jean Marie tenían el rostro demacrado por la tensión y la noche en vela. Sabían que fuera del campamento les esperaba Claude Gutmann, el responsable de los Boy Scouts judíos de Lyon. Nada podía salir mal. Los niños debían partir en orden y en silencio, ya que si alguno gritaba o lloraba, el plan podía irse al traste.

David Donoff llevaba otro de los autobuses. Los dos grandes vehículos les esperaban con los motores encendidos.

El padre Glasberg y Gilbert confiaban en que los gendarmes no se extrañasen al ver dos autobuses más e interpretaran que simplemente continuaba el traslado de los prisioneros. Aunque sabían que estaban arriesgando todo a una carta, hasta ahora parecía que la fortuna les sonreía.

Habían conseguido las autorizaciones de los padres, pero en realidad no contaban con el permiso para abandonar el campamento. Su única oportunidad era mostrar cierta normalidad delante de los guardias.

El padre Glasberg vio que era la hora y comenzó a dictar las órdenes.

—Es mejor que salgamos ahora. Los pocos guardas que quedan estarán adormilados, llevan toda la noche en vela.

Las trabajadoras sociales habían aleccionado a algunos de los mayores para que les ayudasen a controlar a los más pequeños. Ellas solas no podían vigilarlos a todos. Entre las adolescentes estaban Hélène Fixler y Anna Szrajve.

—Vosotras cuidad de esos niños, seguidnos cuando salgamos y evitad que hagan cualquier tipo de ruido —dijo Elisabeth a las dos chicas, mientras sus amigas les explicaban a otros adolescentes como podían ayudarlas.

Las mujeres organizaron las filas. Los más pequeños se encontraban en brazos de alguno de los mayores, y la mayoría se habían calmado, vencidos por el agotamiento de una noche llena de emociones.

El padre Glasberg abrió la puerta y comenzaron a marchar los primeros con las mujeres a la cabeza, sin poder disimular su nerviosismo. Justo al llegar al control de la puerta todos se detuvieron. El sacerdote Glasberg y Jean Marie Soutou pararon frente al control y le dijeron al único guardia que salió a recibirlos:

—Nos llevamos a los niños. Estos son los últimos.

El hombre miró la larga fila organizada. Nada parecía sospechoso: aquella era la noche de la evacuación y, aunque nadie les había dicho que los niños serían los últimos, tampoco se extrañó demasiado.

—¿Y los transportes?

—Están allí enfrente. No queríamos que tuvieran que maniobrar tanto —contestó Jean Marie.

—Todo correcto. Que pasen un buen día.

El Citroën salió del campamento despacio, sin simular prisa, y le siguieron los niños. Formaban filas perfectas, como si se tratase de un pequeño ejército. Cuando llegaron a los autobuses, las mujeres comenzaron a distribuirlos, mientras desde el coche, el padre Glasberg rezaba para que nada se torciese.

En el primer autobús, se encontraban Lili y Elisabeth en la parte delantera y atrás, Esther y Rachel. En el segundo autobús, Hélène y Maribel controlaban la entrada, y a cargo del tercero, se hallaban Lotte y Joseph.

El primer autobús comenzó a moverse lentamente, demasiado para los nervios de George y sus compañeros, que deseaban que los niños se alejaran cuanto antes del campamento. La luz crecía poco a poco, mientras el convoy se dirigía a Lyon con la esperanza de ocultar a los pequeños y salvarlos de un final terrible.

En cuanto el Citroën se alejó, un silencio absoluto se apoderó del campamento. En los barracones solitarios, apenas quedaban algunos utensilios abandonados y las maletas de las personas que se habían quitado la vida.

Aquella noche tan larga y difícil había pasado, pero aún estaban muy lejos de encontrarse a salvo. Lograr que más de cien niños encontrasen una familia de acogida y ocultarlos, mientras tanto, en el centro de una gran ciudad era casi la parte más arriesgada de un plan de por sí peligroso.

Mientras Lyon se despertaba de una noche de tormenta y el calor poco a poco volvía a sofocar las calles de la ciudad, los tres autobuses se aproximaban al convento de los carmelitas, pero lo que no sabían todos los que habían participado en ese plan tan complejo era que alguien ya estaba detrás de su pista.

42

Escondrijo

Campo de Vénissieux, 29 de agosto de 1942

Klaus Barbie salió del despacho con la pistola en la mano. El jefe del campo le había indicado el paradero de los niños, aunque tampoco estaba muy seguro de que se encontrasen allí. Su asistente le siguió empuñando su pistola y abrieron las puertas del refectorio. En su interior el calor era insoportable. En el suelo había algunos juguetes y dibujos, pero ni rastro de los niños.

—¿Dónde diablos se han metido? ¡No pueden esfumarse cien niños de golpe! —gritó desesperado el oficial nazi.

Después miró en otros pabellones, pero el campo estaba desierto.

Los dos nazis caminaron por el barro pegajoso hasta la entrada del campo. Un gendarme adormilado se puso firme al oír sus pasos.

—¿Dónde están los niños?

El hombre intentó entender el francés del oficial.

—¿Dónde están los niños? —volvió a preguntar mientras le sujetaba de las solapas de la guerrera.

—Bueno, los niños se han marchado como el resto —contestó con la voz temblorosa.

—¿Por qué los has dejado partir?

—Hoy era el día de la evacuación, y tenían que irse.

El oficial alemán empujó al policía contra la garita y este se cayó al suelo.

—¡Malditos ineptos y traidores!

Klaus Barbie se dirigió en grandes zancadas hasta su coche y, una vez dentro, no dejó de maldecir hasta que se alejaron del campo. Sabía que ahora tenía una misión que cumplir. Cien niños no podían ocultarse fácilmente: los debían de haber llevado a algún lugar en Lyon, para desde allí distribuirlos por toda la región. Los encontraría y los enviaría a Alemania, y después se encargaría de todos los que habían colaborado en su fuga. No descansaría hasta que el último estuviera entre rejas y, más tarde, ahorcado, para ejemplo de sus compatriotas.

43

Una misión

Lyon, 13 de marzo de 1994

Valérie Portheret había adquirido un nuevo hábito desde que decidió investigar lo que les había sucedido a los ciento ocho niños del campo de Vénissieux: cada mes tomaba un café con René Donot y le ponía al día de sus investigaciones.

—Entonces, hace dos años, ¿cuántas fichas encontraste en realidad? —le preguntó René, mientras Valérie miraba por la vidriera del café cómo el viento sacudía la lluvia contra el cristal.

—Al principio pensé que eran más, pero en realidad no eran más de treinta y tres. Aún me quedan muchas por descubrir.

—¿No hay registro en los archivos de la diócesis de Lyon? La Iglesia católica es especialista en guardarlo todo.

—En eso tienes razón. Pierre Gerlier era un hombre muy ordenado, pero por ahora no me han dejado comprobar los archivos. Creo que a parte de los miembros de la Iglesia les pasa como al resto de la sociedad: prefieren pasar página. El caso de Klaus Barbie de hace unos años levantó mucha polémica.

El hombre dio un sorbo al café, que todavía quemaba. Todavía recordaba la achicoria que tuvo que tomar cuando era joven, por lo que aquel café negro le sabía a gloria bendita.

—Klaus Barbie. ¿Sabes que lo conocí en mil novecientos cuarenta y dos? Lo habían destinado a Lyon para buscar radios clandestinas, pero lo que más le gustaba era cazar a personas, y se empeñó en buscar a los niños. Durante días fue su obsesión, no podía creerse que se hubieran llevado a cien niños delante de sus narices.

Valérie sonrió, sin duda aquella había sido una hazaña memorable, pensó mientras tomaba la pequeña pasta que le habían dejado en el platillo del café.

—Fue un verdadero carnicero, así le llamaban, «el carnicero de Lyon».

René afirmó con la cabeza.

—Primero estaba destinado en Dijon, pero más tarde fue nombrado el jefe de la Gestapo en la ciudad. Muy cerca de aquí, a unas manzanas, tenía el cuartel general. Al pensarlo todavía me dan escalofríos.

La mujer miró a René. Aún le costaba imaginar que personas como él hubieran vivido los acontecimientos sobre los que ella estaba escribiendo. La Segunda Guerra Mundial le parecía muy cercana y lejana al mismo tiempo.

—Sin duda merecía terminar con sus huesos en la cárcel —dijo la joven estudiante.

—Aunque la justicia humana es siempre discutible. Después de todo lo que hizo en los Países Bajos y en Francia, torturando a sus víctimas con sus propias manos, estuvo en una cárcel cómoda de Lyon, casi un hotel para él. El tribunal determinó que Barbie era el culpable de la muerte de unas catorce mil personas, incluso apresó a una de las leyendas de la Resistencia, Jean Pierre Moulin. Aunque su crimen más nefando fue la captura de los cuarenta y cuatro niños del orfanato de Izieu.

La joven dejó la taza a un lado, tenía algo importante que contarle a su amigo.

—Sabes que he estado siguiendo la pista de los niños.

El hombre asintió con la cabeza.

—Bueno —dijo, después carraspear—, he decido buscarlos a todos.

Él se encogió de hombros.

—Buscarlos por todo el mundo y devolverles su nombre, su identidad perdida.

René tomó la mano de la mujer. No era un hombre muy expresivo, pero aquel comentario le había conmovido profundamente.

—Buscar a esos niños será una misión titánica —le advirtió su amigo.

—Lo sé, pero creo que todos estamos en esta tierra por algo, con un propósito, y el mío es encontrar a esos niños. Aún se me aparecen en pesadillas, en aquella noche del veintiocho de agosto. Es como si sus caras infantiles me pidieran que los encuentre. Sus padres lo sacrificaron todo por ellos, pero apenas saben quiénes fueron.

—Dios mío, me parece una labor magnífica. Si necesitas ayuda, puedes contar conmigo.

—Gracias —dijo la mujer tocándose la barriga.

—Ya no fumas.

La joven le sonrió.

—Estás embarazada.

Valérie sonrió de nuevo y sus ojos se iluminaron.

—Imagino lo que fue aquella noche para esas madres y esos padres. Dios mío, todavía no ha nacido y daría mi vida por mi hijo.

Aquellas palabras se quedaron unos instantes flotando en el aire, el mismo que cincuenta y dos años antes habían respirado las familias del campo de Vénissieux.

44

La cuesta de los Carmelitas

Lyon, 29 de agosto de 1942

Llegaron a las seis de la mañana al convento, cuando las calles aún estaban solitarias y el sol esperaba con impaciencia su retorno. El día prometía ser muy caluroso: las nubes se habían retirado casi por completo y, ahora que el viento del sur soplaba de nuevo, el calor dentro de los autobuses comenzaba a ser incómodo. Antes de que los niños descendieran del primer autobús, Lili se puso de pie y habló al resto de los monitores y ayudantes.

—Tenemos que bajar en el más completo silencio: cuanto menos llamemos la atención, mejor para todos. Los vecinos están acostumbrados a ver entrar y salir niños del edificio, pero no a estas horas tan intempestivas.

La mayoría de los más pequeños dormía, y los mayores estaban agotados después de una noche en vela y repleta de emociones. Parecían resignados a su destino.

Salieron los primeros cuidadores con los más pequeños y recorrieron con rapidez el corto trecho hasta la puerta lateral, donde los plataneros proyectaban sus sombras, que los ocultaban a todos de miradas curiosas. Mientras los niños entraban en el convento, los ojos de Lili se cruzaron con los de George, que aún se encontraba en el coche. No podía negar que, en los últimos días, mientras planificaban aquel descabellado rescate, la joven había comenzado a sentir algo por el hombre. No estaba segura de si era amor o simplemente producto de la aventura que estaban viviendo. Trabajar para la Resistencia, poner tu vida en peligro, era sin duda estresante, pero al mismo tiempo te mantenía en un estado continuo de excitación.

El Citroën se puso de nuevo en marcha: el padre Glasberg quería informar de inmediato a su superior, el cardenal Gerlier. Lili observó cómo se alejaba el coche, y sintió la angustia de la separación. Cada vez que George se alejaba de ella, no sabía si volvería verle.

Los niños entraron por el jardín en silencio, mientras algunos religiosos iluminaban el camino con linternas y los llevaban a una de las grandes salas en desuso. El número de hermanos carmelitas era muy reducido y algunas partes del convento estaban cerradas permanentemente. Aquella sala era lo bastante amplia para albergar aquel centenar de niños, aunque el plan era que, en menos de veinticuatro horas, todos estuvieran en sus hogares de acogida. Los nazis y los gendarmes no tardarían demasiado en dar con su pista, y estaban convencidos de que no dudarían ni un instante en apresarlos de nuevo y enviarlos en trenes a Alemania, aunque con ello se estuvieran saltando todas las leyes de la República y de la moral.

Mientras los niños se acomodaban en la paja que habían colocado los *scouts*, para que al menos tuvieran algo más blando donde descansar y dormir, Joseph Weill se dirigió a una sala contigua y comenzó a hojear el cuaderno en el que había apuntado la lista de niños y las familias que los acogerían. Aquel era un trabajo laborioso, ya que no era sencillo encontrar a tantas familias dispuestas a arriesgar su vida por unos desconocidos. Además, tenían que acoger, en algunos casos, a varios hermanos juntos, para intentar no dispersar a las familias. El resto de los niños iría a varios de los campamentos que los judíos tenían en diferentes castillos a las afueras de Lyon.

Lili miró a los más mayores, que habían cuidado de los pequeños, y les ofreció que fueran primero a ducharse: un poco de agua les restablecería las fuerzas. Después podrían desayunar en el salón cercano. Los frailes les habían preparado algo de pan tostado, queso y leche.

Mientras Lili se ocupaba de los más mayores, Elisabeth se concentró en los pequeños, que comenzaban a despertarse. Muchos de ellos, aún aturdidos y asustados, preguntaban por sus madres y se echaban a llorar de nuevo. La mujer sabía que en cuanto saciara sus necesidades más básicas comenzarían a calmarse.

Elisabeth los llevó a las duchas con la ayuda de varias cuidadoras y, tras sacarles toda la roña con las esponjas, pues hacía varios días que no se aseaban, les dieron ropa nueva y los llevaron al comedor. Los niños desayunaron con avidez: llevaban casi una semana comiendo lo poco que podían, por eso al ver el pan blanco y la leche sus ojos centelleaban de felicidad.

Hasta las 9:30 de la mañana no estaba prevista la llegada de las familias de acogida, y sabían que aquel día sería tan agotador como el anterior. Todo debía hacerse con rapidez y orden, pero, sobre todo, sin levantar las sospechas de los vecinos ni de las autoridades.

Lili había preparado un programa para cuando los niños se despertasen. Era mejor que estuvieran distraídos, si no la espera se les haría insoportable y sus llantos podrían oírse desde fuera de los gruesos muros del convento. Había puesto unas cortinas largas a un lado de la sala, y algunos actores de Young France habían preparado bailes típicos, canciones y juegos para entretener a los pequeños.

Por su parte, Madeleine reunió a los mayores, porque no habían conseguido una familia de acogida para casi ninguno y debían llevarlos al campamento del Alto Loira, al menos hasta que encontraran un lugar mejor para todos.

—Tenéis que poneros los uniformes de *scouts*, para que nadie sospeche de vosotros —comentó Madeleine al grupo de adolescentes.

La mayoría miraron la indumentaria militar con cierto recelo. Llevaban años huyendo de los uniformes de los nazis, después de los de los gendarmes, pero al final las chicas se pusieron detrás de una cortina y los chicos, de otra.

Una de las muchachas que más les había ayudado se quedó quieta, como si no quisiera ponerse la ropa. Lili se acercó a ella.

—¿Te encuentras bien, Lotte?

—Sí, pero no quiero ir al campamento. Mi padre me dijo que me intentara reunir con mis hermanos, que se encuentran en Lyon, y tengo la dirección apuntada.

—¿Estás segura de que prefieres eso? Es peligroso caminar por las calles. Estoy convencida de que los gendarmes ya nos están buscando por todas partes.

Lotte Lévy sonrió a la trabajadora social antes de contestarle.

—Quiero ver a mi familia. Prefiero que me capturen a alejarme de ellos. Tengo la sensación de que si me voy, no volveré a verlos nunca más.

Lili abrazó a la joven, y esta no pudo evitar llorar en su hombro.

—¿Tienes dinero?

La muchacha se secó las lágrimas con las manos y negó con la cabeza.

Lili le dio algo de dinero para el tranvía.

—Una de nuestras voluntarias te acercará a la parada del tranvía que va a Villerbanne.

—No hace falta.

—Es más seguro. Son las diez de la mañana, pero levantará menos sospechas si alguien adulto va contigo.

Lotte se despidió de las trabajadoras y miró por última vez a los niños. Sabía que estaban aún en peligro, pero al menos no se dirigían en trenes hacia una muerte segura como sus padres.

La joven salió con una señora a la calle, bajó por las escalinatas de la cuesta de los Carmelitas y llegó a la plaza desde la que partía el tranvía. La mujer le dio un beso en la frente y la dejó esperando un rato. Tomó el tranvía y se quedó mirando por la ventana las calles de Lyon, que comenzaban a llenarse de gente. Estuvo dos veces a punto de quedarse dormida, pero resistió hasta el final.

Cuando llegó a Villerbanne, miró en todas direcciones, pues no sabía el camino hasta la casa. Estaba a punto de echarse a llorar cuando sucedió algo inesperado.

—¡Lotte!

La joven oyó una voz familiar que la llamaba: era su hermano menor. Los dos se fundieron en un abrazo y lloraron. Después se tomaron de la mano y se dirigieron a la casa que les había acogido.

—¿Dónde están nuestros padres? —preguntó el niño.

Lotte miró a su hermano. Parecía que había crecido en esas semanas, estaba muy delgado, su piel blanca destacaba de su pelo negro y ojos marrón oscuro.

—Se los han llevado para Alemania —contestó por fin.

Prefería que su hermano supiera la verdad, aunque fuera más dolorosa que la mentira.

—¿Los volveremos a ver?

Lotte se quedó callada. Después se encogió de hombros.

—No lo sé, pero no debemos perder la esperanza. En otras ocasiones hemos estado en peligro y nos hemos salvado hasta llegar aquí. Ahora lo importante es que estamos juntos de nuevo.

Los dos hermanos caminaron por la avenida, y después torcieron a una de las estrechas calles secundarias. Miraron el cielo azul, que se descubría entre los edificios viejos y sucios de hollín. Aquel lugar no era el paraíso, pero les permitiría resistir un poco más. Tal vez la libertad estuviera a la vuelta de la esquina o se alejara para siempre de ellos, aunque ambos habían aprendido que la única forma de soportar aquella incertidumbre y el miedo era simplemente viviendo cada instante como si se tratara del último.

45

Palacio episcopal

Lyon, 29 de agosto de 1942

El cardenal Gerlier llevaba varias horas despierto cuando llegaron los miembros del rescate para informarle de lo sucedido, aunque la realidad era que su sueño había sido tan inquieto que apenas había dormido. Se había pasado dos horas rezando por los niños y sus cuidadores, pidiendo a Dios que llevase a buen término aquella difícil empresa.

El padre Glasberg encabezaba el grupo, y estaba tan excitado que subió la escalinata a la planta principal a la carrera. En cuanto vio al arzobispo y cardenal de Lyon se inclinó y le besó el anillo. Gerlier no era dado a tanto protocolo, pero se dejó hacer: llevaba años luchando por los obreros de Lyon y muchos le consideraban demasiado liberal para algunas cosas.

—¿Qué ha sucedido? Estoy en ascuas —preguntó

el prelado mientras se sentaba en la silla e invitaba a sus visitas a hacer lo mismo.

—Hemos logrado salvar a la mayoría de los niños —comentó el sacerdote.

—¡Gracias a Dios! —exclamó el prelado sin disimular su alegría.

—Están en el convento a la espera de las familias de acogida, pero esta operación es casi tan delicada como la anterior, porque puede que nos lleve más de veinticuatro horas que todos los niños tengan un hogar de acogida. No sabemos cuál será la ficha que puedan mover el prefecto, el intendente o el primer ministro. Ya sabéis que no quieren molestar a los nazis.

—Es increíble, padre Glasberg, que esos buenos franceses antepongan un asunto político al bienestar de unos niños inocentes. Sin duda, esta guerra está sacando lo peor y lo mejor del ser humano. El santo padre nos ha pedido que hagamos el mayor esfuerzo para salvar a los inocentes, aunque sin arriesgar la libertad de la Iglesia. Los nazis y los fascistas nos tienen en el punto de mira.

Todos escucharon con atención las palabras del cardenal, aunque estaban agotados.

—Traigan un poco de café a estos hombres —ordenó el cardenal a su ayudante.

—Muchas gracias, ilustrísima —dijo George, que apenas se sostenía en pie.

—Puede que necesitemos algún convento para refugiar a los mayores, ya que no tenemos familias de acogida para todos —expuso el padre Glasberg.

—La diócesis de Lyon se encuentra a la entera disposición de esos niños.

Tomaron el café con algunas pastas. Hasta ese momento no se habían dado cuenta de lo hambrientos y agotados que se sentían, pero aún no podían descansar ni bajar la guardia.

—Yo querría pedirle algo más... —dijo Gilbert.

Todos miraron al protestante, que había sido uno de los primeros en movilizar a la gente para salvar a los niños. El cardenal era conocido por su espíritu ecuménico y su apoyo a la asociación Amistad Cristiana, por lo que le escuchó atentamente.

—Usted dirá, querido amigo —comentó el cardenal.

—Pienso que si escribe una carta pastoral a las iglesias de la diócesis defendiendo a los niños judíos, eso podría marcar la diferencia. Las autoridades de Vichy no quieren incomodar a la población, por eso, si todo este asunto salta a la luz pública, no podrán hacer nada para perseguir a los niños.

El cardenal se tocó el mentón antes de contestar al hombre.

—¿Sabe lo que me está pidiendo?

—El arzobispo de Toulouse ya ha condenado la persecución de los judíos —añadió el padre Glasberg.

—No querría perder la relación privilegiada que tengo con el presidente, pues gracias a ella he podido librar a muchas personas de la cárcel o algo peor.

—Sabemos de su gran labor a favor de los verdaderos patriotas, excelencia, pero si no hacemos algo, los nazis buscarán a los niños y darán con ellos —añadió Gilbert.

El cardenal tomó un poco de café. Él era un hombre como otro cualquiera y sabía lo que les había sucedido a varios obispos que se habían opuesto abiertamente a los nazis en Alemania y Polonia. En cierto sentido le estaban pidiendo una especie de suicidio político y, lo que era peor, de sustitución por un prelado más dócil a Vichy.

—Lo que me piden es un acto de fe. Mandar una carta pastoral a todas las parroquias será tomado por el Gobierno y los nazis como un acto de guerra. Levantaré a toda la Iglesia contra el régimen de Vichy.

—No podemos quedarnos con los brazos cruzados mientras los nazis matan a miles de personas inocentes. Esto no es un acto de guerra, es un acto de justicia —dijo el padre Glasberg, que veía imprescindible que el cardenal se postulase en público.

El cardenal se puso de pie y se acercó al atril en el que descansaba abierta una gran biblia. La miró unos instantes y se giró hacia sus invitados.

—Escribiré una carta pastoral centrándome en los niños. De esa forma no podrán decir que me meto en los asuntos internos del Gobierno: son ellos los que están incumpliendo nuestras leyes al deportar a inocentes.

Los tres hombres se levantaron. Sabían que aquella carta podía parar los intentos del Gobierno por dar con los niños, aunque desconocían cómo iban a reaccionar los nazis.

—Muchas gracias, eminencia —dijeron.

Después dejaron al cardenal a solas. El hombre regresó a sus aposentos y comenzó a rezar de nuevo. Sudaba copiosamente. Él también era un hombre, con los mismos temores y anhelos que el resto de los mortales, y sabía que su propia vida estaba en juego.

Los tres hombres se separaron en la calle: el padre Glasberg quería regresar al convento y Charles le acompañó en el Citroën negro, mientras que Gilbert regresaba a su oficina, desde donde podría estar atento a cualquier movimiento de las autoridades o los nazis. Ahora quedaba esperar que todas las familias comprometidas cumplieran su palabra y los niños pudieran esconderse en un lugar seguro.

46

Amor

Lyon, 29 de agosto de 1942

Sylvain Lévy fue el primer padre que fue a recoger a los niños que le habían tocado en suerte. Muchos de los voluntarios eran judíos franceses: sin duda ellos entendían mejor que nadie la discriminación que sufrían sus hermanos. El hombre, de rostro sonriente y mofletes rojizos, iba acompañado por su hija mayor, que llevaba una muñeca. Sabían que para los niños era muy difícil soportar aquella situación, por lo que pensaron que un pequeño regalo podría animar a su futura ahijada.

Lili recibió a los Lévy. Sylvain era un hombre muy conocido en la organización de ayuda judía, ya que llevaba bastante tiempo llevando comida y otras cosas a los refugiados extranjeros.

—Señor Lévy, muchas gracias por ser tan puntual.

—De nada. Imagino lo que ha pasado esa pobre niña y no quería alargar más su suplicio, así que cuanto antes encuentre un hogar en el que descansar y recuperar algo de normalidad, será mejor para ella.

Elisabeth fue a buscar a Eva Stein. La niña vino de la mano de la cuidadora con la cabeza gacha, los ojos ribeteados por las ojeras y rojos de llorar. Le hubiera gustado preguntar por su padre, que se había ido en un autobús el día anterior, pero no se atrevió a abrir los labios.

La joven hija de Sylvain se agachó y le entregó la muñeca con una sonrisa. La niña dudó en cogerla, y miró primero a la cuidadora.

—Es tuya, puedes cogerla.

La niña la tomó de las manos de la chica y la acurrucó en su pecho.

La hija de Lévy le entregó una piruleta a la niña, que terminó por sonreír un poco.

—Queremos llevarte a nuestra casa. Allí tenemos muchos juguetes y podrás jugar con mis hermanitos. Seguro que te lo pasas muy bien.

Eva estaba a punto de hacer un puchero, pero la chica le acarició el rostro y la tomó en brazos. La niña se abrazó a ella llorando, y el resto sintió cómo se les encogía el corazón.

—Muchas gracias por todo —comentó Lili a la familia.

—Gracias a ustedes. Han salvado a todos estos niños —dijo Sylvain emocionado, mientras observaba a la centena de criaturas jugando o mirando los bailes de las personas que intentaban entretenerles para que aguantasen mejor su larga espera.

Joseph Weill comprobó que todo estaba correcto: él era el responsable de supervisar que los niños fueran a la familia correcta. El plan acordado era que los hermanos no se separaran y que todos los niños fueran preferentemente a una familia antes que a una institución religiosa. Además, las personas encargadas de su cuidado debían respetar sus creencias y costumbres.

Lili y Elisabeth los despidieron con tristeza. Hasta ese momento habían pensado que colocar a los niños en los hogares adecuados sería un alivio para todos ellos, pero en lugar de esa sensación, experimentaron un gran vacío al entregar a los niños, a pesar de saber que estarían mucho mejor con sus nuevas familias.

Horts Finder había salido del convento para intentar encontrar a su madre, que estaba hospitalizada cuando le detuvieron y llevaron al campo. Lili le ayudó a cambiar su edad para que los gendarmes no lo subieran al autobús de los adultos, pero ahora debía encontrar él mismo a su familia. Lili le dio las instrucciones para que llegara hasta la dirección donde estaba su madre, pero el joven se encontraba tan adormilado que cuando estuvo en la calle se le había olvidado por completo lo que tenía que hacer.

Caminó sin rumbo durante un rato hasta que vio un grupo de soldados alemanes que le hicieron ponerse en guardia. Cruzó a la otra acera, donde había un sacerdote comprando el periódico, que, en cuanto se dio cuenta de la situación, le dijo disimuladamente:

—No digas nada, procura seguirme, pero no desde muy cerca.

Horts comenzó a caminar tras el sacerdote mientras los nazis no dejaban de mirarlo. El joven notaba cómo el corazón le latía fuerte en el pecho y sintió en varias ocasiones que le fallaban las piernas, pero intentó no mirar a los soldados y seguir al sacerdote.

Este se paró enfrente de una furgoneta y le dijo al chico en un susurro:

—Cuando oigas el motor de la furgoneta, entra corriendo en el coche.

El párroco desapareció dentro del vehículo, y un instante después sonó el motor. Abrió la puerta y se sentó a toda velocidad.

—Me llamo Orbillot, y te voy a llevar a Sainte-Foylés-Lyon, donde hay una comunidad de hermanos maristas que cuidarán de ti.

—Pero tengo que encontrar a mi madre. Esta es la dirección.

—No puedo llevarte allí. Es demasiado peligroso. Quédate unos días con los hermanos y después ellos te acercaran.

El joven comenzó a llorar, sabía que aquel hombre le había salvado la vida, pero temía no volver a ver nunca más a su madre.

Mientras Horts escapaba con aquel desconocido, Joseph Weill intentaba asignar a cada padre los niños que le correspondían. Al ver que George había regresado, le invitó a tomar un café y descansar un poco.

—Tengo algo que ofrecerte: necesitamos que alguien coordine la OSE y se asegure de llevar a los niños cuyos padres adoptivos no pueden pasar a recogerlos. Es un trabajo delicado.

El joven sonrió. Llevaba un tiempo unido a la Resistencia y ya había tomado la decisión de que haría lo que hiciera falta, aunque eso pudiera costarle la vida.

—Claro que lo haré.

Mientras los dos hombres hablaban, Lili repartía trozos de tarta a los niños. Las madres de los *scouts* las habían preparado con todo el cariño. Todos ayudaban en lo que podían.

La joven se acercó a George en cuanto se quedó a solas.

—Hola, ¿cómo estás?

—Imagino que como todos: con la cabeza embotada y una frenética sensación de vértigo. Creo que esto es lo más parecido a la resaca que me ha pasado nunca.

Lili sonrió. Ya no se acordaban de lo que era sentirse jóvenes y despreocupados. Dedicarse a estudiar, enamorarse y dejar pasar la vida con indiferencia. Ahora, cada movimiento que realizaban, cada paso que daban, estaba marcado por su deseo de que las cosas cambiaran.

—Qué calor hace aquí, y apenas son las doce del mediodía.

—Es por el hacinamiento: los niños son pequeñas estufas a treinta y seis grados.

La joven se acercó al hombre y le besó en la mejilla. Él la miró sorprendido.

—No sé qué pasará mañana, pero quiero decirte que te quiero. Desde el primer momento en el que te vi, sentí que las piernas me flaqueaban. Cuando termine todo esto, me gustaría que fuéramos novios.

George se tocó la cara y sonrió.

—¡Dios mío! Jamás me había pasado algo así.

El hombre se llevó a la mujer de la mano hasta un sitio discreto y la besó. Mientras la pareja disfrutaba de su amor, más de la mitad de los niños aún esperaban a sus padres adoptivos. El tiempo corría y cada vez era más peligroso para todos: un oficial nazi se hallaba tras su pista y estaba dispuesto a todo para encontrar a esos niños y enviarlos a Alemania.

47

Horas de angustia

Lyon, 29 de agosto de 1942

Al mismo tiempo que el día avanzaba, el calor se volvía
cada vez más asfixiante. Los niños comenzaban a sudar
y agitarse por los piojos y chinches. La paja húmeda se
pegaba en los cuerpos de los más pequeños, y todos tenían la sensación de que al final del día los pocos niños
que quedaran en el convento estarían destrozados.
Además, a medida que la mayoría de los padres adoptivos se llevaban a los pequeños, los que se quedaban veían
como aumentaba su sensación de abandono.

Jean Marie pidió a Maribel que preparase a las hermanas Fixler mientras él se marchaba con Denise Paluch hasta la casa de una de las familias de acogida, en el
número 10 de la rue Lanterne. De allí se la llevaría la
mujer del pastor Roland hasta su casa en la montée de
la Boucle. La niña y el joven salieron a la calle con cau-
tela. El calor apretaba, lo que al menos había despejado

en parte las calles. Caminaron un buen rato antes de llegar a su destino, pero justo cuando tomaban la rue Lanterne, vieron a un gendarme que marchaba hacia ellos. Jean Marie se puso tenso. Notaba que el cuello le dolía, e intentó charlar con la niña, para hacerse pasar por su joven padre.

—¿Dónde van con este calor?

—Vivimos cerca de aquí, agente. Lo cierto es que no hace un día para pasear.

El gendarme alzo la vista hacia el sol y después miró a la niña.

—¿Cómo te llamas, pequeña?

—Alice —contestó rápido Jean Marie.

—¿Alice? Bonito nombre.

El policía comenzó a buscar algo en su pantalón y el joven pensó que su suerte se había terminado.

—Toma, Alice —dijo mientras le daba a la niña una piruleta.

—¿Qué se dice? —preguntó Jean Marie a la niña.

—Gracias.

Cuando el gendarme se marchó con una sonrisa en los labios, los dos respiraron aliviados. Después subieron hasta la tercera planta y llamaron a una puerta. Una mujer sonriente de ojos claros les abrió de inmediato.

—Tú tienes que ser Denise Paluch.

La niña le devolvió la sonrisa a la mujer.

—Vamos a hacer un corto viaje, pero seguro que te gustarán mucho mi casa y mis hijos.

La mujer miró a Jean Marie y tomó a la niña de la mano para comenzar a bajar las escaleras.

—Muchas gracias por todo lo que están haciendo, que Dios se lo pague.

Jean Marie frunció los labios y con la mano se despidió de la niña.

—Gracias a ustedes, por dar la oportunidad de vivir a todos estos niños.

La familia Iehle fue a buscar a las hermanas Fixler. El padre, a pesar de dirigir las fábricas Lumière, era un miembro muy activo de la Resistencia. La pareja vivía en Feyzin, pero habían venido en su propio coche. Las fábricas aún tenían gasolina y el señor Iehle podía usar su vehículo sin dificultad, a diferencia de la gran mayoría de los franceses. Los nazis cada vez se quedaban más recursos naturales del país, y la población comenzaba poco a poco a sentir las restricciones de la guerra, aunque los alemanes hasta entonces habían intentado tener contenta a la gente.

La madre miró a las niñas. Tenían los rostros tan tristes que estuvo a punto de cambiar su gesto. Después las abrazó y salieron del convento lo más rápidamente posible.

Justo al lado, la pequeña Mela Bäcker no dejaba de tocarse los pendientes que le había dado su madre. Lili le había dicho que su familia adoptiva no tardaría en llegar.

—Mira, Mela, este señor es Henri Schilli, amigo de tu padre adoptivo Sylvain Goldschmidt.

—El rabino lamenta no haber venido él mismo,

pero por desgracia en la sinagoga nos hallamos también desbordados. Estamos haciendo todo lo que podemos para ocultar al mayor número de hermanos. Ya sabe que además de a los niños se ha eximido a otras personas, pero tememos que las autoridades los vuelvan a detener con cualquier excusa, por eso estamos escondiéndolos en diferentes lugares.

—No se preocupe, lo entendemos. Sabemos que Mela está en buenas manos.

El hombre observó la treintena de niños que aún esperaban que alguien se los llevase.

—¿Todos tienen casa de acogida?

—Casi todos, la gente ha sido muy generosa.

La joven notó que al hombre se le hacía un nudo en la garganta al ver a esos niños cuyo único delito era haber nacido en una familia judía.

—Me cuesta creer que alguien quiera hacer daño a estos niños inocentes. ¿En qué mundo de locos vivimos?

Lili miró a los niños, cansados, sudorosos, muchos de ellos temblando de fiebre, y no tuvo palabras para contestar el hombre. Ella tampoco entendía el odio de los nazis y muchos franceses a unas personas por el simple hecho de practicar una religión distinta. Sabía que en el corazón del hombre siempre anidaba el miedo, y que este era capaz de cometer los actos más viles, incluso en nombre del bien, de la humanidad o la verdad.

Hélène Lévy se llevó a Mina Grobel a una zona de la ciudad que le traía muchos recuerdos, la calle de Félix Jantet en Saint-Claude, donde su padre tenía una tienda de venta de diamantes. Su familia se había dedicado a ese negocio durante generaciones y, por eso, su padre vio que aquella era la única forma de subsistir en un país extranjero.

La joven y la niña llegaron precisamente hasta el edificio donde su padre había tenido la tienda, y justo en la parte superior vivía la familia Schiari. Llamaron a la puerta y esperaron a que los abriesen.

—Buenas tardes. Les traigo a Mina Grobel.

La mujer de aspecto severo miró a la niña con un poco de desdén.

—Pensé que era más pequeña.

—No se preocupe. Mina es una niña muy buena y le ayudará en todo lo que necesite.

—¿Cuántos años tiene?

—Doce años —contestó la niña.

—Bueno, está bien. Que suba.

La mujer se echó a un lado y la niña subió por las escaleras, y se giró para despedirse de su cuidadora. En su mirada se reflejaba tanto dolor que Hélène estuvo a punto de llevársela de nuevo, pero sabía que aquello era lo mejor que podían ofrecer a una niña de su edad.

Hella Jeserski tomó su maleta con resignación. No quería irse, aunque sabía que el resto de los pequeños la miraban con envidia: todos querían irse de allí y olvidar aquella pesadilla. Una de las cuidadoras le ayudó con la maleta. Iban a llevarla a Ruoms, la ciudad en la que había vivido, para dejarla con la señora Bernard, una viuda muy amorosa que cuidaría de ella hasta que pudiesen sacarla del país.

Diana Wolfowicz, de apenas ocho años, estaba muy sofocada y le picaba su pelo rubio cuando le avisaron de que había llegado Jeanne Rosenstiel, una mujer de mediana edad que llevaba toda la vida intentando tener hijos. La mujer abrazó a la niña en cuanto la vio: de alguna manera para ella representaba a la hija que siempre quiso tener. Las dos se marcharon a los pocos minutos, dejando desolados al resto de los niños. La tarde avanzaba y muchos ya habían perdido la esperanza de que podrían salir de allí con unos nuevos padres, pero justo unos minutos más tarde oyeron los ladridos de un perro y todo cambió de repente.

Lucien Nouet entró en la sala con su gran pastor alemán, y todos los niños acudieron para ver el perro.

—¿Cómo se llama? —le preguntó Elisabeth mientras acariciaba el lomo del perro.

—Mirza. Los niños pueden tocarla: es inofensiva.

Lucien era el dueño de un conocido café y llevaba tiempo colaborando con la OSE y Amistad Cristiana.

Los niños comenzaron a jugar con el perro, y durante un rato olvidaron toda la fatiga acumulada en las últimas horas y el miedo de que en cualquier momento vieran entrar a la policía.

—Este hermoso niño es Sylvain Rosenblatt —dijo Elisabeth presentándole al pequeño.

Lucien lo tomó en brazos y lo sentó sobre el lomo del perro.

—Mira, Mirza, este es tu nuevo amigo Sylvain.

El niño comenzó a reírse a carcajadas. Todos los pequeños lo miraban con cierta envidia, pero en cuanto Lucien se llevó al animal, el grupo volvió a sumirse en la misma tristeza. Uno de los niños que estaba a punto de marcharse, Oscar Furst, comenzó a llorar desconsolado y ni su hermano Manfred lograba calmarlo, hasta que Maribel trajo un cuenco con leche, y el gato que llevaba todo el día rondando por la ventana de la sala entró para beber un poco. Todos los niños comenzaron a jugar con el animal y el ambiente volvió a calmarse.

Margarite Kohn entró en la sala y buscó a los dos niños que tenía que llevarse. Maribel le indicó a Oscar y su hermano con el dedo.

—Espere un poco, por favor, el niño se ha encariñado con el gato.

La mujer se acercó despacio a Oscar y le acarició la cabeza. Este no le hizo mucho caso al principio, ocupado como estaba con el animal, hasta que la mujer le habló.

—¿Sabes que yo tengo dos gatos en casa? ¿Te gustaría conocerlos?

El niño miró a Margarite.

—¿De verdad?

—Sí, además de cinco hijos con los que podréis jugar. No os vais a aburrir, te lo aseguro.

La mujer se llevó a los dos niños, pero antes de que volviera a decaer el ánimo, Lili preparó una merienda con la ayuda de los *scouts*. Mientras los niños comían, Maribel confirmó que la familia Weisel podía quedarse con Samuel y sus hermanos pequeños mellizos.

—Vendrán en un momento —le comentó Maribel a Samuel.

Los Weisel no tardaron en llegar, pero los mellizos no querían irse con ellos: estaban muy entretenidos con el gato, al que cogían continuamente. Los Weisel eran tíos de los niños, y al final los convencieron para que se fueran con ellos.

El grupo se había reducido mucho, pero aún quedaban bastantes niños por recoger. Uno de los últimos en salir para la casa de una familia acogida fue el pequeño Émile Meisler. Sara, una de las jóvenes *scouts* le tomó en brazos y lo montó en la silla de su bicicleta. La familia del rabino Brunschwig había decidido acoger al pequeño tras la desesperada petición de sus padres la noche anterior.

Mientras los padres de acogida recogían a los niños, el salón comenzó a vaciarse, lo que produjo una mezcla de emociones en los cuidadores. Por un lado, alegría al ver que los pequeños tendrían una familia que los cuidara, pero también un sentimiento de pérdida, pues en tan pocas horas las trabajadoras sociales y los *scouts* habían aprendido a amar a esos niños que se encontraban solos en el mundo y habían perdido lo que más querían, a sus padres.

48

Los cien niños hebreos

Lyon, 29 de agosto de 1942

Los miembros del comité de salvación de los niños estaban desesperados: algunos de los padres adoptivos se habían echado atrás y a las diez de la noche quedaban demasiados pequeños en el convento. En el plan que habían trazado, a esas horas todos los niños debían estar ya en sus hogares o de camino a ellos. El padre Glasberg llamó a Gilbert, George y al resto de los colaboradores para intentar que, antes de que terminase el día, la mayor parte de los niños estuvieran fuera de peligro.

—¿Qué vamos a hacer con los que nadie ha recogido? —preguntó angustiada Elisabeth, en cuyo rostro se veían las huellas del agotamiento y la tensión.

Nadie había descansado en todo el día, y el equipo que había permanecido en el convento estaba exhausto. Al cansancio físico había que unir el desgaste emocional.

—Lo único que se me ocurre es escribir un pequeño panfleto y distribuirlo entre nuestra gente. Los miembros de la OSE y Amistad Cristiana son suficientes para el número de niños que quedan por acoger —dijo Gilbert.

Este no disimulaba su indignación al saber que algunos voluntarios se habían echado atrás, aunque no les culpaba. Si las autoridades descubrían a alguien colaborando con la Resistencia, además de las penas de cárcel, en algunos casos podían también encarcelar a la familia.

—¿Un panfleto? ¿Qué sucederá si cae en manos de la policía o los nazis? —apuntó Lili.

Todos asintieron, pero el padre Glasberg se inclinó hacia delante en la silla y dijo:

—No tenemos tiempo, haremos el panfleto ahora mismo. George lo llevará a la imprenta, y la OSE y Amistad Cristiana lo repartirán de inmediato. Los niños que no han recogido deberán permanecer una noche más en el convento, y si mañana al mediodía aún queda alguno, lo llevaremos a alguna institución segura.

—¿Piensa que podemos tenerlos en el convento de los carmelitas hasta mañana? —preguntó Maribel algo preocupada.

—No nos queda otro remedio: llevar a un grupo de niños a las diez de la noche por las calles de Lyon sería aún mucho más arriesgado —contestó el sacerdote.

—¿Les queda comida? —preguntó Gilbert a las cuidadoras.

—Suficiente para la cena y el desayuno —dijo Elisabeth.

—Pues en marcha —comentó el padre Glasberg mientras se ponía de pie.

George ayudó a escribir el texto y lo llevaron a una imprenta conocida. Al cabo de media hora ya estaban distribuyendo los panfletos entre amigos, conocidos y socios de sus organizaciones. Una hora más tarde, todo el mundo se había enterado.

Uno de los miembros de la OSE dejó el panfleto en la mesa de la cocina de su apartamento y un golpe de viento se lo llevó. El trozo de papel estuvo un rato volando hasta que cayó en el suelo de una calle cercana.

Un policía que estaba haciendo la ronda vio algo en el suelo y al leerlo se quedó sorprendido, se dirigió a la comisaria y se lo enseñó a su superior. Unos minutos más tarde el panfleto se encontraba en el escritorio del intendente. Toda la ciudad sabía que los niños judíos estaban escondidos. El intendente Lucien Marchais se sentía furioso: la Resistencia había ido muy lejos con sus intentos de menoscabar la autoridad del Gobierno, y no estaba dispuesto a pasarlo por alto. Tomó el teléfono y avisó al director del campo y al prefecto de la policía. Debían dar con los niños cuanto antes y entregárselos a los alemanes. Si no lo hacían, los nazis tendrían una razón más para quitarles el poder en la Francia Libre y convertirlos a todos en sus esclavos. El honor de toda una nación se encontraba en juego.

49

Pesquisas

Lyon, 30 de agosto de 1942

El panfleto llegó a manos de Klaus Barbie a las doce de la noche. Este seguía en su despacho intentando arreglar unos asuntos urgentes. Desde su salida del campo la madrugada del día anterior apenas había podido pensar en los niños liberados, pero al mirar el panfleto se dio cuenta de que los franceses serían incapaces de resolver aquel asunto por sí mismos.

El oficial alemán leyó de nuevo el papel, y después lo arrugó y lo tiró a la papelera. No tenía muchos efectivos en la ciudad: oficialmente las SS y la Gestapo no podían intervenir en la Francia Libre, aunque extraoficialmente los alemanes hacían lo que se les antojaba.

El capitán llamó por el telefonillo a su secretaria, y esta corrió para atenderle.

—Por favor, quiero que llamen a todas las unidades disponibles en un radio de veinte kilómetros: necesito a todos los miembros de las SS para una operación especial.

—¿Una operación oficial? —preguntó la secretaria.

Klaus Barbie frunció el ceño.

—¡Aquí soy yo el que dice lo que es oficial y lo que no lo es, ¿entendido?!

La mujer salió del despacho a toda prisa. Klaus se puso la guerrera y tomó su gorra. Después miró por la ventana: la ciudad estaba tranquila, como si la guerra con todas sus miserias fuera algo lejano, casi irreal, pero lo cierto era que continuaba, que aún no habían concluido su obra magna de someter a toda Europa y convertir al mundo en el patio trasero de Alemania, en la tierra donde los señores arios demostrasen al mundo su superioridad. Barbie salió del despacho tras colocarse la pistola en la funda. Le hervía la sangre. Aquella sensación de cazador era la más embriagadora que había sentido jamás y por eso adoraba su trabajo, le convertía en un ser superior, una especie de semidiós capaz de decidir sobre la vida y la muerte de los vanos mortales.

TERCERA PARTE

Rostros anónimos

50

Palabras eternas

Lyon, 6 de marzo de 1999

Valérie Portheret había quedado con Jean Lévy, uno de los niños rescatados aquella noche calurosa de agosto. No era su primer encuentro con un superviviente, pero aquel hombre llevaba varios años investigando para que la memoria de su pueblo en Francia no cayera en el olvido. Valérie había pasado los últimos años intentando encontrar a los niños perdidos, a aquellos rostros sin nombre que la guerra había separado de sus familias.

—Muchas gracias por dedicarme parte de su tiempo.

—Es mi obligación: los judíos no podemos olvidar. Me he encontrado a mucha gente que prefiere no saber, pero no hay nada peor que eso. Ahora que poco a poco el antisemitismo crece de nuevo y la extrema derecha campa a sus anchas, debemos enseñar a los más jóvenes lo que sucedió. Lo cierto es que es un trabajo inagotable. A veces me siento abrumado, porque por mucho que hagamos, en el fondo es como una gota de agua en la inmensidad del océano.

—Gota a gota terminaremos por llenar ese mar —comentó la joven.

El hombre sonrió. Ya había superado la edad de los ideales, y nunca había sido especialmente ingenuo, pero la madurez le había ayudado a poner las cosas en su contexto y a conocer muy bien lo que había en el corazón humano.

—Durante muchos años no me atreví a hablar abiertamente de lo que me había sucedido. Era consciente de hasta qué punto los nazis nos robaron hasta eso, la simple normalización de lo que éramos. Sin duda, soy mucho más que un judío: también soy un francés y un lionés, padre y esposo, un profesional, pero mi esencia siempre será judía.

Valérie sintió una punzada en el pecho. Ella no sabía lo que era que te robasen tu identidad y sentirte siempre extranjero en tu propia tierra.

—Pero usted siempre supo que era judío.

—Eso sí, pero al destruir mi comunidad, en el fondo no sabía lo que significaba serlo. Nuestro pueblo ha sobrevivido todos estos siglos, porque ha formado comunidades en cualquier sitio que el destino o la providencia lo ha llevado. Los nazis destruyeron esa vida cotidiana de la sinagoga, nos impidieron encontrarnos con nuestros hermanos, comer con ellos y aprender de los más mayores. Más de la mitad de los judíos de

Francia fueron asesinados, muchos otros se marcharon a Israel y ahora apenas queda una pequeña sombra de lo que fuimos. ¿Conoce la rue Juiverie? Se encuentra en el Vieux Lyon. Nosotros estamos en Lyon desde la época de los romanos. El rey Luis el Piadoso nos concedió su beneplácito y nos permitió practicar nuestra fe en paz, pero las persecuciones comenzaron en el siglo trece. Logramos regresar unas décadas más tarde, hasta que en mil cuatrocientos veinte el exilio fue definitivo y durante trescientos años no hubo judíos en esta ciudad. La revolución francesa nos devolvió la libertad y nos sacó de la clandestinidad. Napoleón también nos defendió y vivimos tranquilos hasta la llegada de los nazis. A mediados del siglo diecinueve aquí nos apreciaban mucho: la mayoría nos dedicábamos al comercio y el Estado pagaba al rabino de la comunidad, y durante el Segundo Imperio construimos la sinagoga de Quai Tilsitt. Tras la Gran Guerra, llegaron muchos judíos marroquíes para buscar un futuro mejor para sus familias.

—No conocía la historia.

—Es una historia hermosa, larga y triste. Durante la Segunda Guerra Mundial, Lyon fue el foco de la resistencia judía de Francia. El cardenal Gerlier intentó que el antisemitismo no arraigase en la ciudad, pero ya sabe lo que sucedió con las redadas de Klaus Barbie, ese carnicero alemán. Hasta la liberación en septiembre de mil novecientos cuarenta cuatro, todos los judíos de la región y el resto de Francia vivimos el momento más oscuro de nuestra historia.

Valérie había grabado la mayor parte de la conversación. Quería conocer cómo era la vida de los judíos en su país.

—Nuestra comunidad ha crecido mucho en estos últimos años, y posiblemente sea una de las más importantes de Francia, pero los atentados del año mil novecientos noventa y cuatro y el coche bomba de mil novecientos noventa y cinco en la puerta de una escuela judía han hecho que muchos se marchen para Israel o Estados Unidos.

La joven sabía sobre los últimos atentados contra la comunidad, algo que le parecía increíble a las puertas del siglo XXI.

—Pues es el mejor momento para que la gente recuerde —dijo la estudiante.

—Siempre es un buen momento. Muchas gracias por intentar buscar a esos niños. Yo al menos conservé mi identidad, pero a ellos se la robaron para siempre.

51

El violín

Lyon, 30 de agosto de 1942

La noche se hizo muy larga y fue mucho más calurosa que la anterior: el verano se aproximaba a su fin, pero parecía que las temperaturas tardarían en descender. La veintena larga de niños sin padres acabaron durmiéndose agotados, pero Rachel apenas lo había logrado unos instantes antes de que los cuidadores trajeran el desayuno.

El día anterior había tocado el violín varias veces para entretener al resto de los niños, y ahora lo usaba de almohada mientras la luz de la calle penetraba en la sala.

—Buenos días, Rachel, ¿cómo te encuentras? —le preguntó Lili.

—Cansada, con hambre y calor.

—Me temo que en eso estamos todos igual, pero no hay mal que cien años dure, como decía siempre mi padre.

La niña se incorporó un poco. La mujer le había traído un vaso de leche y un cruasán. Se sentó a su lado para ver cómo lo devoraba.

—¿Echas de menos a tu padre y a tu madre?

—Sobre todo a mi padre y mi madrastra. Hace tiempo que no veo a mi madre.

—Claro, debe ser difícil todo esto.

—Desde que me acuerdo siempre hemos estado yendo de un sitio para el otro. A veces no sé de dónde soy en realidad.

La joven sonrió a la niña, que parecía mucho más madura que la edad que tenía.

—Puedes ser de donde quieras.

—Los nazis no piensan igual: ellos dicen que somos la peste del mundo.

—Los nazis dicen muchas tonterías, Rachel, no les hagas mucho caso. Creo que hoy vendrán a por ti.

—¿Por qué han tardado tantos mis padres adoptivos?

La pequeña pensaba que nadie la quería, que habría sido mejor quedarse con su padre o su madrasta.

—Tus padres adoptivos son de Saint-Sauveur-de-Montagut. Son los señores Merland.

—¿Cómo se llaman?

—Leí la ficha. No lo recuerdo bien, pero creo que Madeleine y René.

—Me gustan los nombres —dijo la niña con una sonrisa blanquecina de leche. El comer algo y las palabras de Lili la habían animado un poco.

Mientras Rachel hablaba con su cuidadora, la familia Faure llegó al edificio acompañada de su amiga Paulette. El doctor Joseph Weill de la OSE era quien les había hablado de la posibilidad de adoptar a un niño.

En cuanto los tres entraron en el salón y vieron a algunos de los niños que habían vivido en su pueblo, sus ojos se llenaron de lágrimas. En apenas unos días sus cuerpos habían enflaquecido, y tenían las miradas ojerosas y la tristeza en sus rostros, y al verlos se conmovieron profundamente.

—Buenos días, chicos, venimos a por todos vosotros.

El pequeño grupo se les quedó mirando. Los conocían de haberlos visto en el pueblo, pero nunca habían hablado con ellos.

—Estos son Anna y Jules Szrajve, Hélène Raychmann y Jean Baumet.

Rachel estaba detrás de la cuidadora, medio escondida y con el estuche de violín en la mano.

—También está la violinista Rachel Berkowicz.

Paulette se acercó a ella y le puso las manos sobre los hombros.

—Me acuerdo de ti, pequeña, muchas veces te he escuchado tocar el violín en las ruinas del teatro romano.

La niña no supo qué contestar.

—Tu padre es peluquero, ¿verdad?

—Sí, pero ahora está...

La niña no pudo terminar la frase, se echó a llorar y la mujer la abrazó.

—Ahora estás a salvo.

—¿Me quedaré con usted? —preguntó la niña entre pucheros.

—No, pero vivirás con la familia más amable y buena del pueblo, los Merland. Ellos cuidarán bien de ti hasta que puedas reunirte de nuevo con tus padres.

Los tres tomaron a los niños de las manos. Los cinco pequeños estaban felices por salir del convento. Estaban cansados de tanto sufrimiento, miedo y desesperación, y era el momento de que recuperaran su vida de nuevo.

Mientras los niños se marchaban hacia su nueva vida, el padre Glasberg entró a toda prisa en el convento. Se acercaban al mediodía y aún quedaban muchos niños sin padres adoptivos. Mandó llamar a Joseph Weill y otros de los colaboradores.

—La situación es desesperada: el tiempo está en nuestra contra, y me han informado de que, además de los gendarmes, nos buscan miembros de las SS mandados por un capitán llamado Klaus Barbie, el mismo que fue a supervisar las deportaciones al campo. Además, los refugiados se encuentran detenidos en Chalon-sur-Saône, donde tienen que ceder la custodia a los nazis. Al parecer los policías han informado a René Bousquet que hay menos refugiados de los previstos y que faltan los niños. El prefecto Angeli ha ordenado la búsqueda inmediata de los pequeños, y es un hombre despiadado.

—Eso significa que están esperando la captura de los niños antes de terminar la entrega —comentó Joseph.

—Exacto, por lo que vaciar la sala de ahí al lado es nuestra prioridad. El prefecto sabe que Gilbert Lesage y yo estamos detrás de todo el asunto, y ha mandado a varios de sus hombres para que nos capturen e interroguen.

—Entonces será mejor que os escondáis —comentó Elisabeth preocupada.

—No me preocupa mi seguridad, pero no sé qué podría revelar bajo tortura.

Lili frunció el ceño antes de intervenir.

—¿Cree que los gendarmes se atreverían a tanto?

—Para ellos somos terroristas, enemigos del Estado que estamos poniendo en peligro la seguridad nacional —contestó el sacerdote.

—Pero todo eso es mentira —dijo Lili.

—Para ellos es verdad y eso es lo que importa. Me guardaré para que no me detengan los gendarmes. Cuando los niños estén fuera de peligro que me hagan lo que quieran. Por eso es muy importante que las listas y las direcciones de los padres adoptivos se destruyan en cuanto la operación termine, ¿entendido, Joseph?

El hombre afirmó con la cabeza.

—Ahora, manos a la obra, queda mucho por hacer.

El padre Glasberg salió del despachó y miró a los niños en la sala contigua. Deseaba con todas sus fuerzas que aquellos pobres inocentes escaparan con vida. Sus padres permanecían detenidos en un tren infecto, sin condiciones sanitarias, camino de su muerte o la esclavitud hasta la inanición, pero al menos sus hijos debían tener una oportunidad para sobrevivir.

Salió a la calle. El sol estaba en su momento más fuerte, los pocos viandantes que se veían buscaban la sombra desesperados. Su sentido común le decía que se escondiera, que se pusiera a salvo, pero nunca le había hecho demasiado caso. Su misión no había terminado y estaba dispuesto, si era necesario, a entregar su propia vida por salvar la de esos niños.

52

Gertrude

A las afueras de Lyon, 30 de agosto de 1942

Gertrude Krauss se había escondido debajo del asiento del autobús sin que los gendarmes la detectasen, y había permanecido allí un buen rato, hasta que los transportes regresaron a su base a las afueras de Lyon. Cuando todo estuvo en calma, se acercó al asiento del conductor e intentó abrir la puerta sin éxito. Al final consiguió abrir una ventana pequeña que había al lado y salió por ella. Cayó de bruces al suelo y se hizo daño en una muñeca, pero se incorporó y miró a su alrededor: parecía un hangar para aparcar los autobuses de una empresa local. Buscó la salida y fue a parar a una calle solitaria. Todavía estaba oscuro, aunque el sol comenzaba a despuntar en el horizonte. Caminó sin rumbo un par de horas, y aunque temía que la policía la detuviese, prefería alejarse de los autobuses, por si alguien ya se había dado cuenta de su ausencia.

No sabía a dónde ir, tenía frío, hambre, le dolía mucho la cabeza por la tensión y cada vez que oía un ruido se daba la vuelta, asustada. Al final recordó a una mujer de Amistad Cristiana con la que había hablado una vez. La señora Langlade era una amable ama de casa que tenía un pequeño puesto en el mercado central donde vendía verdura y fruta, así que se dirigió hacia allí. Tuvo que preguntar en varias ocasiones antes de encontrarlo, y al llegar esperó a que abriera. Una vez dentro, lo recorrió hasta dar con el pequeño puesto de la mujer. En cuanto esta la vio la reconoció, le colocó su chal sobre los hombros y la sacó del recinto.

—¿Qué le ha pasado?

La joven se echó a llorar, aunque ella se había salvado, su familia debía estar camino de Alemania.

—No tengo a dónde ir —le dijo después de narrarle su rocambolesca fuga.

—No te preocupes, hija, ven conmigo.

Las dos mujeres caminaron durante media hora hasta que llegaron a un convento de monjas. La señora Langlade llamó a la puerta, y una de las hermanas salió a recibirlas.

—Dios os bendiga, ¿en qué puedo ayudaros?

—Necesitamos hablar con la superiora —comentó la mujer.

—La hermana Margot se encuentra reunida en estos momentos.

—Soy miembro de Amistad Cristiana. Esta chica necesita refugio, ¿podemos entrar?

La joven monja les franqueó la puerta y ambas entraron hasta el claustro, caminaron por un largo pasillo y llegaron a la antesala del despacho de la superiora. Unos minutos más tarde salió una mujer pequeña y rechoncha con una amplia sonrisa.

—Dios mío, pasad por favor.

La señora Langlade le explicó la situación y la superiora se dirigió a la joven.

—Te refugiaremos en el convento y te haremos pasar por una novicia. ¿Sabes algo de catolicismo?

La joven negó con la cabeza.

—Nosotras te enseñaremos para que pases desapercibida. A partir de ahora serás la novicia Ana. No le cuentes a nadie de dónde vienes y por qué estás aquí. Confío en mis hermanas, pero hay otras personas que entran en el convento, y algunas pueden ser espías de los nazis o del Gobierno.

La joven afirmó con la cabeza.

—¿Por qué hacen todo esto por mí? —preguntó sin poder contener las lágrimas.

—A veces la gente se cree que está haciendo el bien y simplemente están sembrando para sus vidas egoístas. La banalización del bien es lo que está destruyendo el mundo. Hacer lo correcto siempre es más difícil que hacer lo incorrecto. Odiar es más fácil que amar, dañar es mucho más sencillo que curar, pero nosotras estamos aquí para hacer lo correcto, y ayudarte a ti es lo correcto, sin duda.

Al despedirse de la señora Langlade, Gertrude le dijo:

—Jamás olvidaré lo que ha hecho por mí.

La joven era consciente de que lo que aquella buena mujer hizo por ella nadie lo recordaría, no aparecería en ningún libro de historia y su acción pasaría desapercibida para el resto de la humanidad, pero para ella significaba la diferencia entre vivir o morir. Aquel era el mayor milagro del mundo: que alguien arriesgase su vida por una completa desconocida. Ella intentaría hacer lo mismo, para que la banalización del bien no terminara por reemplazar al poder de un corazón generoso.

53

Gilbert

Lyon, 30 de agosto de 1942

Angeli dio un golpe sobre la mesa. El prefecto quería que Gilbert Lesage le dijera de inmediato qué habían hecho con los niños, pero aquel hombre no era fácilmente impresionable. Lesage se había unido a los cuáqueros años antes y había dedicado muchos años de su vida a ayudar a los más desfavorecidos, en especial a los refugiados. Había estudiado Filosofía en París. Siempre había amado las ideas, hasta que se dio cuenta de que tenía que pasar a la acción. De nada servían las palabras bonitas si no se concretaban en algo. Su vida cambió por completo cuando en 1929 conoció a Ella Barlow y se hizo cuáquero. Desde entonces había dedicado su vida a promover la paz. Vivió en Berlín entre los años 1932 y 1933, justo cuando Hitler accedió al poder y el mundo parecía descomponerse ante sus ojos. Los nazis le expulsaron del país en cuanto conocieron sus actividades, tras lo que regresó a Francia, y estuvo a punto de irse a estudiar a Inglaterra, pero le pidieron que organizase la ayuda a refugiados en París, ya que tras el ascenso del nazismo muchos judíos alemanes escapaban a Francia. Entre otras funciones, había ayudado a los refugiados españoles desde el comienzo de la Guerra Civil. Cuando estalló la guerra europea, tuvo que entrar en el ejército, pero al firmarse el armisticio se dirigió a Vichy para echar una mano al nuevo Gobierno francés. Allí vio a un viejo amigo, Laborie, que le recomendó para el cargo de jefe de misiones de la Familia y la Juventud, pero al final había terminado en Lyon como inspector general de refugiados del Ministerio de Interior. El prefecto sabía que no estaba enfrente de un cualquiera.

—Sabe que le puedo enviar a la cárcel de inmediato o, peor aún, hacer que la Gestapo le interrogue. Nosotros no podemos hacerlo, al menos si no encontramos pruebas suficientes, pero ellos no necesitan de esos formalismos.

—Lo único que puedo contestarle es que los niños están en un lugar seguro y que no se los voy a entregar. Haga lo que crea oportuno, prefecto.

El jefe de la policía sabía que aquel hombre de aspecto corriente tenía muy buenos contactos, entre ellos el cardenal de Lyon.

—¡Maldita sea, salga de mi vista inmediatamente! —gritó el prefecto.

El hombre tomó su sombrero, le hizo un saludo burlón y salió sin prisa. En cuanto Gilbert abandonó el despacho el prefecto llamó al intendente.

—No he logrado sacar nada de ese Gilbert. Lo único que podemos hacer es que desde Vichy llamen al cardenal, y este intente convencerle de que entreguen a los niños.

—Llamaré al primer ministro ahora mismo —contestó Lucien Marchais.

Una hora más tarde, el presidente de la República, el mariscal Pétain, llamó a su amigo el cardenal. En cuanto le pasaron la llamada y le comentaron que era el presidente, el cardenal se aclaró la voz y se puso al aparato.

—Querido mariscal, a su servicio.

—Es un placer saludarle, eminencia. Me han dicho que en Lyon está habiendo un problema: un grupo de personas ha hecho desaparecer un número de niños extranjeros que reclaman los alemanes. Sé de su celo por la infancia, pero los alemanes nos han asegurado que no les ocurrirá nada malo a esos niños.

El cardenal se quedó en silencio un momento, después tomó de la mesa sus gafas y se las puso. Delante tenía la carta que estaba escribiendo para mandar a todas las parroquias de la diócesis.

—Querido mariscal, admiro su esfuerzo por devolver a Francia al camino de la fe cristiana. Sé qué tiene muchas presiones de todas partes y que para que llame por este asunto, sin duda es algo que le preocupa. En primer lugar, quiero pedirle que proteja a esos niños. No me fio de la palabra de los alemanes, que son capaces de cualquier cosa con tal de salirse con la suya. Estos niños son franceses y, sobre todo, son inocentes.

—Le garantizo que no se les hará daño.

—Presidente, no puede garantizarme eso. Una vez que salgan de nuestras fronteras no podremos hacer nada por ellos. Querido mariscal, no se puede construir una sociedad cristiana sobre la base de la tiranía, el odio y el desprecio a la vida. Nuestro Señor Jesucristo era judío, ¿también lo mandaría a Alemania, mariscal? La Iglesia hará todo lo posible para salvar a esos niños.

Entonces fue el mariscal el que se quedó en silencio.

—¿Es su última palabra, cardenal?

—La última palabra está en manos de Dios, pero si se refiere a si le diré el paradero de esos niños, no lo haría ni bajo tortura.

El mariscal Pétain colgó el teléfono furioso. Después miró a su primer ministro Laval y le dijo:

—Quiero que toda la fuerza del Estado caiga sobre los cómplices de esta traición.

El primer ministro se puso firme y salió del despacho. El viejo héroe de guerra comenzó a maldecir a todos los curas y sus prelados. Nadie podría reconocer en él al salvador de Francia: ahora era poco más que un lacayo en manos de los nazis, que intentaba salvar las últimas cenizas de un mundo que se había roto en mil pedazos hacía tiempo. El mariscal creía representar todo lo que aún merecía la pena salvar de Francia, pero lo que realmente simbolizaba era un régimen colaboracionista capaz de vender su alma al diablo para mantener la bandera de Francia sobre el mástil de la historia, aunque esta estuviera manchada de sangre, lágrimas y muerte.

54

Últimas horas

Lyon, 30 de agosto de 1942

Joseph Weill preguntó al padre Glasberg por el cardenal. Todos sabían que si él flaqueaba, acabarían todos en la cárcel, y los niños, deportados a Alemania.

—Por ahora se ha mostrado firme —contestó el sacerdote—, pero únicamente es cuestión de tiempo que den con el paradero del refugio y, por lo que tengo entendido, todavía quedan unos veinte niños.

Joseph se encogió de hombros.

—Hacemos todo lo que podemos, pero han fallado varias familias.

—No puedo creer que en todo Lyon y su departamento no podamos encontrar unas pocas familias solidarias.

Gilbert, que había escapado de la comisaria y se había asegurado de que nadie le seguía, parecía meditabundo y apenas intervenía en la conversación.

—Creo que deberíamos ir en persona al palacio del cardenal. La presión es demasiado fuerte y puede que alguien intente traicionarnos.

Los otros dos hombres miraron extrañados al protestante.

—¿Acaso no confía en la palabra de un príncipe de la Iglesia?

—En quienes no confío es en el prefecto y el intendente, que tienen órdenes de encontrar y deportar a los niños.

Cuando media hora más tarde llegaron al palacio, se sorprendieron al ver el Citroën negro del intendente en la puerta del edificio. Subieron corriendo la escalinata y dijeron al secretario que querían que los recibieran, ya que temían que fuera demasiado tarde.

El cardenal estaba de pie señalando con el dedo al intendente, que le observaba con el ceño fruncido.

—Ya le he dicho que no les facilitaré el paradero de esos niños. Ahora están bajo mi cuidado y responsabilidad, ¿lo ha comprendido?

—Está incurriendo en alta traición, y este delito se paga con la muerte.

El intendente se puso de pie y miró a los tres hombres en el umbral de la puerta.

—Esto no se quedará así. Ya se les ha pedido con buenos modos, ahora usaremos métodos mucho más contundentes.

El hombre salió del despacho y bajó las escaleras a toda prisa. Sabía exactamente a dónde se dirigiría: pidió al chófer que le llevase al cuartel de la Gestapo, que estaba muy cerca del palacio, y al llegar, se apeó del vehículo y pidió ver al capitán Barbie.

Unos minutos más tarde entregaba al oficial de las SS la lista de los niños, además de un apéndice con los nombres de las personas implicadas en su liberación y ocultación.

—¿Aquí está todo?

El funcionario francés le contestó afirmativamente.

—¿También la dirección personal de los implicados y sus familias?

Aquellas palabras le hicieron sentir un escalofrío, sabía que estaba tratando con el mismo diablo.

—Sí, está todo lo que tenemos, pero espero que no se extralimite.

El alemán comenzó a reírse a carcajadas.

—¿Para qué ha acudido a mí? ¿Acaso piensa que les voy a sacar la información con caricias? Ha acudido a mí para bajarles los humos a esos terroristas. ¿Cómo se actúa con los terroristas y los enemigos del Estado? Con toda la fuerza de la ley, pero, sobre todo, con toda la fuerza de nuestra superioridad moral. Es muy difícil que gente como esa vea que esos niños son el cáncer de Francia, como lo eran de Alemania. Un cáncer de mofletes rosados y cara inocente, pero al fin y al cabo un tumor maligno que termina por destruir el cuerpo social.

El intendente permaneció callado con la cabeza ligeramente inclinada. Sabía que aliarse con el mal siempre traía consecuencias nefastas, pero no le quedaba más remedio que actuar, antes de que sus superiores le soltaran los perros.

Mientras tanto, en el palacio episcopal los tres hombres seguían hablando con el cardenal.

—Saben la identidad del padre Glasberg y sospechan de Gilbert, creo que los dos deberían desaparecer de inmediato.

—No podemos irnos ahora. No mientras haya niños sin casas de acogida —dijo Gilbert, algo molesto por la simple idea de esconderse.

—Llevaremos a los niños a algún refugio. En unas horas será ya treinta y uno de agosto, y es arriesgado seguir esperando —comentó el cardenal.

Sabían que el prelado tenía razón, pero preferían perder la vida que permitir que aquellos niños cayeran en manos de los nazis.

—En este momento es más peligroso para los niños tenerlos cerca que lejos. Hay varias cuidadoras y personas responsables que están haciendo todo lo posible para salvarles la vida.

El padre Glasberg se cruzó de brazos.

—Mañana me esconderé, pero mientras haya niños en el convento de los carmelitas tengo que estar dirigiendo la operación.

—Tengo una idea —comentó sorpresivamente Gilbert.

Todos lo miraron.

—¿Qué idea? —preguntó impaciente el cardenal.

—Una cortina de humo que haga que la policía y los nazis busquen en el lugar equivocado, aunque el plan es muy arriesgado.

—¿Acaso ha habido algo que no fuera arriesgado desde que sacamos a los niños del campo de refugiados? —preguntó el padre Glasberg, aunque era consciente de cuál era la respuesta.

Todo aquel plan era una verdadera locura.

55

Últimas oportunidades

Lyon, 31 de agosto de 1942

Después de dos largos días, ya nadie quería estar en el convento de los carmelitas. La paja estaba sucia y apestaba a orines, los piojos y chinches estaban por todas partes, la comida comenzaba a escasear y los pocos niños que quedaban comenzaban a preocupar a los cuidadores. Si el trauma de la separación había sido muy duro, el hecho de sentirse abandonados y que nadie los quisiera era aún más terrible. Cuando el padre Glasberg entró en la sala, todos le miraron con cierta esperanza. Lili, Madeleine, Charles y George se acercaron al hombre con la esperanza de que hubiera encontrado alguna solución para los últimos huérfanos.

Varios de los niños se los quedaron mirando: sus rostros suplicantes no podían verse más angustiados. Jean Sttern, Marcel y Myriam Frenkel y Rachel Kaminker eran algunos de los desafortunados que seguían esperando a que alguien se los llevase de allí.

—No hemos encontrado muchas opciones —comentó el sacerdote a los colaboradores.

—Mi madre quiere cuidar a Myriam, pero no a su hermano Marcel —comentó Lili con desesperación.

—Yo he conseguido que a la niña se la lleve la señora Berheim, y no creo que tarde mucho en venir a por ella —comentó Charles.

Al parecer a Rachel Kaminker había accedido a llevársela otra familia. Aquellos eran los últimos niños.

Una hora más tarde la sala se encontraba completamente vacía. Los cuidadores hasta echaban de menos el llanto de los más pequeños. Eran conscientes de que se encontraban en un lugar mejor, pero los juguetes olvidados, algunas prendas de ropa y su recuerdo permanecían en el ambiente.

El padre Glasberg había aceptado al fin esconderse hasta que las cosas se calmaran, y el resto de los cuidadores se esforzaban por ocultar las pruebas.

—Me he quedado algo triste al verlos partir —comentó Madeleine a Lili.

—Yo también me siento así. Han sido solo unos días, pero la sensación es que eran como mis primos o mis hermanos pequeños.

Lili abrazó a la psicóloga. Apenas se conocían de unos días antes, pero habían creado unos lazos imborrables. La mujer se echó a llorar.

—Perdón, es muy poco profesional por mi parte...
La voz de la psicóloga se quebró y su amiga la consoló.
—Todo saldrá bien.

La guerra ya duraba tres largos años, y parecía que nunca iba a terminar: los nazis habían perdido pocas batallas, y en el mejor de los casos seguirían siendo sus amos por mucho tiempo.

En cuanto la psicóloga se marchó, Lili se quedó con algunos *scouts* recogiendo los últimos restos que habían dejado los niños. Entonces George se le acercó y la tomó de las manos.

—Todo ha terminado —le dijo el joven.

—No estoy segura de ello.

—Quiero invitarte a cenar esta noche. Tomaremos un buen vino y pensaremos que esto no ha sucedido, que ha sido una pesadilla, pero ha servido para que nos conociéramos.

La joven miró a George muy seria.

—Yo no quiero olvidar lo que ha pasado, han sido los mejores y los peores días de mi vida, pero acepto esa cena. Aunque antes tendré que darme una buena ducha y ponerme un vestido bonito.

—Tú eres bella con cualquier cosa —le comentó el hombre.

—Qué bien sabéis mentir los hombres —le contestó sonriente.

Parecía que la vida seguía adelante a pesar de todo el sufrimiento. Pero una sombra cada vez más oscura se cernía sobre todos ellos. El mal no descansaba ni daba tregua a las almas más nobles.

56

Golpes

Lyon, 31 de agosto de 1942

Gilbert Lesage fue a su apartamento para recoger algunas cosas antes de ir a un lugar seguro. Algunos pastores le habían recomendado que se refugiara en Le Chambón Sur Lignon, una localidad alejada cercana a Suiza, para que en el caso de encontrarse en peligro pudiera huir al país vecino. Otros le habían dicho que un monasterio al sur sería su mejor escondite hasta que las cosas se calmasen, aunque había rumores que apuntaban a que la Francia Libre tenía los días contados. Los alemanes estaban a punto de lanzar una nueva campaña contra Rusia, y si lograban dominar el país, ya nada los detendría. La entrada de los estadounidenses en la guerra había dado esperanzas a todo el mundo, pero estos parecían más ocupados en su guerra en el Pacífico que en liberar a los europeos de la tiranía nazi.

Gilbert abrió la puerta de su apartamento y salió a recibirlo Charly, su pequeño terrier.

—Siento haberte tenido abandonado, ahora mismo vendrás conmigo.

El hombre entró en la casa y comenzó a hacer la maleta. Pensaba llevarse lo imprescindible: como cuáquero siempre había sido muy austero. Apenas tenía objetos materiales, y cuando se fuera de este mundo, lo único que quedaría de él sería el recuerdo en el corazón de la gente a la que había ayudado.

Dos pares de pantalones, tres camisas, la mayoría con el cuello desgastado por el uso, algunos calzoncillos y calcetines, varias corbatas, un cuento que había pertenecido a su padre, algunas fotos viejas y cinco libros, además de su vieja biblia.

Cerró la maleta y miró el apartamento que durante algunos meses había sido su hogar. No guardaba grandes recuerdos de aquel lugar: era solo el sitio al que iba a dormir después de las interminables jornadas de trabajo.

Metió un poco de comida en una mochila, además de una navaja, un termo con café y un mapa de Francia.

Tomó a su perro en brazos y se dirigió a la puerta de la calle. Entonces oyó el estruendo. Al menos media docena de botas subían las escaleras con paso marcial, y el ruido retumbaba en todas partes. Se quedó petrificado sin saber qué hacer. Pensó en subir a la azotea e intentar cruzar al edificio de al lado, pero ya no era un muchacho y sabía que solo conseguiría que le pegasen un tiro o romperse una pierna.

Simplemente dejó la maleta en el suelo, abrió la puerta y comenzó a acariciar al animal.

Dos gendarmes y cuatro soldados de las SS se pararon frente a la puerta.

—¿Es usted Gilbert Lesage? —le preguntó un gendarme gordo que aún jadeaba por la carrera al subir la escalera.

—Sí, señor.

—Queda detenido.

—¿De qué se me acusa?

—De sedición, falsedad documental, oposición a la justicia y traición —dijo con tono plano el policía.

El hombre arqueó una ceja.

—¿Tiene la orden judicial?

El gendarme se quedó callado, pero un soldado de las SS le tomó del brazo y le dijo:

—No hace falta. Los terroristas ya no tienen derechos en Francia. ¡Maldito judío!

—No soy judío, ya me gustaría, pero soy francés.

—Pues peor aún: traidor a tu raza y a tu fe.

Gilbert sonrió, aquello le parecía tan irónico.

—¿Le hace gracia? —le preguntó el soldado, antes de darle un fuerte puñetazo en el estómago.

El hombre se dobló hacia delante y se le cayeron las lentes. El gendarme se agachó a recogerlas, pero uno de los nazis las pisó.

—Donde le vamos a llevar no las necesitará, no se preocupe —dijo el alemán con todo su cinismo.

Lo bajaron por las escaleras en volandas.

—¿Qué pasará con mi perro?

Los alemanes se reían, mientras los ladridos de Charly se oían por toda la escalera. El animal los siguió, y cuando metieron a Gilbert en la parte trasera de una furgoneta, se paró delante y siguió ladrando. El soldado alemán apuntó al perro con su escopeta, pero el sargento se lo impidió.

—¿Vas a gastar una bala por un perro?

El fornido sargento cogió al animal por la piel y este comenzó a lloriquear asustado. Después miró sus ojos pequeños y marrones, como dos botones que contrastaban con su pelo lanoso blanco.

—Eres un perro judío, ¿verdad?

Tras hacerle aquella extraña pregunta lo lanzó contra la pared, el animal voló hasta estrellarse, gritó de dolor y cuando llegó al suelo ya estaba muerto.

Gilbert miró toda la escena desde el coche y lloró. La furgoneta salió de la calle a toda velocidad. No llevaba distintivos de la policía, aquella detención era ilegal, pero los nazis podían hacer y deshacer lo que quisieran a su antojo, por algo eran los amos del mundo.

Klaus Barbie bajó al sótano del edificio. Se sentía muy a gusto en aquellos lugares oscuros y fríos, como si en cierto sentido, los nazis pudieran recrear su propio infierno particular.

Gilbert estaba sentado en una silla, atado y con varios moratones en la cara, además del labio partido y la nariz sangrando. Había aguantado todo lo que había podido, con el deseo de dar algo más de tiempo a sus compañeros.

—Bueno, creo que ya es el momento de que nos diga dónde se encuentran esos niños. Mis hombres solo lo estaban preparando para mí, yo no me andaré con tantos miramientos. A mí no me importa que les proteja el cardenal, el papa o el mariscal Pétain.

—Creo que debería hacerse mirar lo de su humanidad —contestó el cuáquero.

—¿Qué quiere decir?

Gilbert miró al oficial de las SS. Le parecía un tipo tan común y grotesco en mangas de camisa, sin aquel uniforme negro siniestro.

—Cuando nos tratan como bestias, demuestran que lo son más aún que nosotros.

—Veo que lamenta la pérdida de su perro, yo también. Los animales no son culpables de las luchas entre los hombres.

Gilbert se dio cuenta enseguida de la paradoja: aquel animal lamentaba más la muerte de su perro que la de los más de cien niños judíos que estaba buscando desesperadamente.

—Me entristece que gente como usted sea la que mande en el mundo, aunque en el fondo no son originales ni en eso, puesto que la peor calaña de la historia es la que se ha encargado de manejar el mundo siempre.

Klaus Barbie le soltó una bofetada que le hizo girar la cara.

—Yo soy una persona razonable como usted, pero

no tengo tanta paciencia. ¿Por qué arriesga su vida por esas ratas judías? Nunca lo entenderé.

—Es normal que no lo entienda. Ha perdido su alma. ¿De qué le vale ganar el mundo entero si pierde su alma? ¿Qué le ha prometido Hitler? ¿Una granja con caballos, un coche en la puerta, una paga de por vida? ¿Eso vale la pena a cambio de su eternidad?

—La única eternidad que existe es el aquí y ahora. ¡Dígame dónde esconden a los niños!

Gilbert cerró los ojos y pensó que se encontraba muy lejos de allí, en casa de sus padres, cuando el mundo era pequeño, casi perfecto, donde la sombra de su padre parecía protegerlo de cualquier mal.

Barbie comenzó a pegarlo con saña. Tras media docena de puñetazos en la cara y el pecho, el nazi le levantó la cara.

—Ya no es tan brabucón, ¿verdad?

—Usted es un matón patético de colegio, de esos que en el fondo eran unos cobardes.

El golpe que le dio en el mentón en aquel momento lo dejó unos minutos inconsciente. Cuando se despertó, tenía una mano atada. Le iban a quitar las uñas de las manos y después le cortarían los dedos.

—Bueno, esta es su última oportunidad.

—Pare, le diré lo que quiere saber.

El alemán dejó las tenazas a un lado. Aquella era la parte que más le gustaba de las torturas: cuando lograba doblegar el espíritu humano. Hacía años que había aprendido que todos los hombres tenían un precio, y eran capaces de aguantar hasta un umbral de dolor. Después eran capaces de cualquier cosa para sobrevivir.

—Los niños se encuentran en el diez del monte de los Carmelitas.

—Espero que no nos esté engañando, de lo contrario, ya no pararé hasta sacarle los ojos y cortarle todos los dedos de los pies y de las manos.

—No le miento, vaya allí y busque.

Klaus Barbie se lavó las manos en una pila de porcelana y después se puso la guerrera.

—Ha sido un placer conocerlo, señor Gilbert Lesage. Tiene suerte de que le hayan reclamado el prefecto y el intendente, si no, le hubiéramos mandado a uno de nuestros campos en Polonia. Allí saben tratar con gente como usted.

Mientras el oficial de las SS dejaba el sótano, los soldados le desataron, y dejaron que se lavara la cara y que se pusiera la chaqueta. El agua le hizo gritar de dolor. Después subió con dificultad las escaleras hasta la planta baja, donde le esperaban los gendarmes. Uno de ellos se conmovió al ver su estado, y le ayudó a llegar a su vehículo.

—¡Cuánto lo lamento! Todos estamos con ustedes —le dijo al oído.

Aquellas palabras le alentaron, se sintió como el profeta Elías, que tras luchar contra Jezabel y los sacerdotes de Baal se quedó sin fuerzas, pero lo que no sabía era que aún miles, tal vez cientos de miles, de franceses no habían doblado sus rodillas ante Hitler y su régimen de terror. Era el momento de que su país se levantase contra aquella tiranía que mataba a inocentes, se llevaba a sus hijos para que trabajasen como esclavos en Alemania y les robaba la comida que con tanto esfuerzo cultivaban en aquella tierra fértil y pura.

Gilbert se acomodó en el asiento, le dolía todo el cuerpo, pero en su cabeza únicamente cabía una idea. Deseaba con toda su alma que hasta el último niño estuviera a salvo. Su vida no le importaba, porque él ya había cumplido su cometido en este mundo, la misión para la que había sido criado: ayudar a los extranjeros a recuperar parte de su dignidad. Estaba preparado para cruzar el umbral de la eternidad y contemplar aquel mundo perfecto en el que ya no habría más injusticias ni más dolor, un nuevo jardín del Edén para todos los hombres.

57

Asalto

Lyon, 31 de agosto de 1942

Eran las dos de la tarde y varias unidades de policía se agolpaban enfrente de la puerta del convento de los carmelitas. Algunos viandantes se habían parado para ver lo que sucedía, aunque la mayoría prefería continuar su camino: era mejor pasar desapercibidos que meterse en líos con la policía. El prefecto estaba junto a los oficiales, dispuesto a asaltar el edificio si los frailes no les abrían, pero no hizo falta. Se oyeron los goznes de las puertas y dos hombres vestidos con hábito les franquearon el paso.

Los policías entraron sin hacer preguntas, y empezaron a registrar todo el edificio, pero enseguida llegaron a la sala en la que habían estado los niños aquellos días de desesperada espera.

En la estancia se encontraba Madeleine Dreyfus, la psicóloga, que había regresado a por unos papeles que se le habían olvidado. Miró con sorpresa a los policías.

—¿Dónde están los niños?

—Pregunte al cardenal Gerlier —dijo con una sonrisa en los labios.

El prefecto y el jefe de la policía ordenaron que la detuvieran.

—Aquí no están, la información que nos han dado las SS es falsa —dijo el prefecto confuso.

—Pues deberíamos registrar el local de Amistad Cristiana, que se encuentra en la rue de Constantine —comentó el jefe de la policía.

Mientras se llevaban a Madeleine a comisaria, las furgonetas de policía encendieron sus sirenas y se pusieron en camino hacia la sede de Amistad Cristiana. No tardaron en llegar, ya que no había mucho tráfico y los pocos coches con los que se cruzaban les cedían el paso.

En la sede de Amistad Cristiana se encontraba el padre Chaillet, que había ayudado de forma indirecta en el rescate de los niños, en especial intermediando con el cardenal.

Mientras se llevaban al hombre a comisaría, el prefecto y el jefe de policía se cruzaron de brazos. Aquel grupo de voluntarios de diferentes credos e ideas políticas se habían unido para burlar a las autoridades y esconder a los niños delante de sus narices. Ahora deberían esforzarse para intentar dar con ellos, antes de que su pista se desvaneciera para siempre.

58

Margot, Maurice, Gabrielle

Mâcon, 1 de septiembre de 1942

Los gendarmes llamaron a la puerta de la familia Kopple. Margot ayudaba a su abuela a preparar el desayuno cuando los policías asaltaron la casa. Los tres se quedaron petrificados al verlos entrar. El café comenzó a borbotear y su aroma inundó toda la estancia. El pan tostado aún estaba caliente cuando les ataron las manos y se los llevaron fuera de la casa. Un grupo de vecinos se habían reunido en la puerta para impedirlo, pero los gendarmes los empujaron para llegar hasta la furgoneta negra.

—¿Por qué hacen esto? ¿Qué mal hemos hecho? —les preguntó el abuelo, que estaba en mangas de camisa.

—Cumplimos órdenes —comentó el cabo sin más miramientos.

Margot lloraba, a sus once años no entendía por

qué la odiaban tanto, hasta el punto de buscarla por todo el país. Echaba de menos a sus padres, sabía que posiblemente ya habían dejado la triste vida que les había tocado vivir. Aunque los ecos de la guerra parecían lejanos, poco a poco todos comenzaban a sentir su zarpazo.

—Dios no les perdonará lo que están haciendo —dijo la anciana.

Los gendarmes le agacharon la cabeza y los empujaron a todos dentro del furgón. Después salieron del pueblo mientras la mayoría de los vecinos les gritaban y apedreaban.

A la vez que secuestraban a Margot y sus abuelos, Gabrielle y Maurice Teitebaum recorrían con sus bicicletas el último tramo hasta la frontera de Suiza. Con sus quince y trece años, parecían dos niños perdidos en busca de sus padres. Cuando vieron la línea de la frontera se pararon a observarla. Apenas habían estado un día con sus cuidadores, pues en cuanto estos comenzaron a maltratarlos decidieron huir: sabían que sus hermanos pequeños se encontraban en Izieu, un lugar de refugio en el que estaban a salvo. Cuando terminara la guerra volverían a por ellos e intentarían de nuevo formar una familia.

Al acercarse a la frontera varios gendarmes se aproximaron en un coche, y los dos niños comenzaron a pedalear con todas sus fuerzas. Les quedaban solo unos quinientos metros para su libertad.

El coche aceleró y, antes de que lograran llegar a la frontera, se cruzó en el camino. Los niños se cayeron de las bicicletas. Maurice pudo levantarse muy rápido y echar a correr, pero Gabrielle quedó atrapada debajo de la suya.

—¡Maurice, ayúdame!

El niño estaba muy cerca de la frontera, pero se quedó parado mirando a su hermana. Los gendarmes habían descendido del coche y se aproximaban a la niña con las pistolas en las manos.

—Espera —dijo Maurice mientras corría hacia ella, la levantaba y ambos comenzaban a alejarse de los policías.

Uno de los gendarmes dio un salto y atrapó la pierna del chico, que se cayó en la hierba. Su hermana intentó defenderlo, pero otros dos policías los derrumbaron. Sintieron la hierba húmeda en sus rostros, y cuando Maurice levantó la vista vio la fina línea que los separaba de la libertad, apenas a un par de metros. Sus ojos se llenaron de lágrimas, y pensó en sus padres, en la última vez que los vio en aquel autobús mientras se dirigían hasta su destino fatal.

Los policías los subieron al coche, y mientras el vehículo se dirigía a la comisaria, los dos niños se dieron la mano. En aquel momento lo único que les importaba era que estaban juntos y eso nunca podrían robárselo.

59

Salida milagrosa

Lyon, 1 de septiembre de 1942

Gilbert Lesage estaba en el camastro. Le dolían todos los huesos, tenía el cuerpo lleno de hematomas y aún sentía el desagradable sabor de la sangre en sus labios. No le habían dado nada de comer, pero al menos le habían prometido que le llevarían en breve a una comisaría francesa. Allí tenía muchas más esperanzas de ser liberado, sobre todo por la mediación del cardenal Pierre Gerlier.

A las doce de la noche, cuando había logrado quedarse dormido a pesar del hambre y el frío, oyó unos pasos, y después que alguien se detenía en la puerta de su celda. Un carcelero la abrió y la luz del pasillo le cegó por unos momentos.

—Gilbert Lesage, tiene que venir con nosotros.

La voz con acento alemán le hizo temblar de miedo. Nunca se había visto como un héroe, sino como un simple mortal que no soportaba la injusticia, aunque oponerse a ella le pudiera producir muchos desvelos.

Se puso los zapatos, que era la única parte de su indumentaria que no estaba cubierta de sangre. Después levantó las muñecas para que le colocasen las esposas.

Caminó con dificultad por el largo pasillo escoltado por dos nazis. Llegaron a la planta superior y en la puerta vio a Klaus Barbie.

—Señor Gilbert Lesage, tiene amigos poderosos, pero no pueden evitar que le peguen un tiro mientras se fuga. Esos son los gajes del oficio de los carceleros, ¿verdad?

—No pienso huir.

—No hace falta, un tiro en la espalda será suficiente para justificar su muerte. Un desgraciado incidente diplomático, pero que en un par de semanas se habrá olvidado por completo.

El hombre comenzó a temblar. Los guardas lo sacaron del edificio y lo montaron en una furgoneta. Tumbado en la parte de atrás pensó en todo lo que había vivido, y, aunque en ocasiones se sentía algo solo y desdichado, sin duda su vida había tenido sentido, propósito, y eso era mucho más de lo que la mayoría de la gente podía decir de su existencia.

El vehículo paró a un par de kilómetros del cuartel de la Gestapo. Oyó las botas sobre el asfalto y después cómo se abría la puerta.

—¡Baje! —le ordenó una voz fuerte.

Intentó bajar, pero estaba demasiado dolorido y las manos atadas tampoco le ayudaban.

—¡Maldito traidor! —gritó el guarda.

Después tiró de su brazo derecho y lo sacó de la furgoneta con tal fuerza que el hombre se cayó al suelo. Le levantaron por la fuerza y Gilbert se quedó delante de los nazis temblando. En la calle apenas había luz, pero al fondo se veían unas casas iluminadas.

—¡Corra! —le increpó el soldado.

El francés se quedó parado, sabía lo que significaba correr.

El alemán sacó su pistola y le apuntó en la cara.

—¡Corra!

Gilbert se dio la vuelta y comenzó a andar deprisa, después a correr, aunque el dolor en las piernas no le permitían ir muy rápido.

El soldado apuntó al preso y esperó a que se alejase lo suficiente, y cuando estuvo a unos cien metros disparó, pero no se oyó ninguna detonación, solo un chasquido. El nazi miró el arma, que se había encasquillado. Volvió a cargar y a apuntar, disparó de nuevo y obtuvo el mismo resultado.

—¡Hijo de la gran puta! —gritó furioso, y le pidió el arma a su compañero.

El prisionero se había alejado unos doscientos metros y la oscuridad comenzaba a protegerlo en parte. El alemán disparó de nuevo, pero aquella arma también se encasquilló, y cuando quiso volver a apuntar, el preso había desaparecido entre las sombras.

Gilbert caminó toda la noche hasta llegar al palacio episcopal antes de que amaneciera. Sabía que aquel era el único lugar en el que podía sentirse a salvo.

Uno de los criados del cardenal lo vio tirado a la puerta del palacio y lo reconoció enseguida, y con la ayuda de otro sirviente lo llevó hasta una pequeña habitación al lado de las cocinas. Lo tumbaron allí y avisaron al cardenal.

Gerlier se había levantado una hora antes para realizar sus oraciones. Al oír ruido en la escalera, se aproximó a la barandilla de la primera planta para ver qué ocurría.

—Antoine, ¿qué es ruido?

—Hemos visto al señor Gilbert Lesage herido y lo hemos llevado al cuarto pequeño.

—Llamad a un médico de inmediato. Me visto y bajo a verlo.

Gerlier tenía una sensación desagradable en el pecho, y tuvo que parar antes de ponerse los pantalones. Aquella semana había sido la más difícil de su vida y, después de haber escrito su carta pastoral, sabía que se ponía en el punto de mira de sus enemigos y los nazis, pero ¿qué otra cosa podía hacer? Había jurado servir a Cristo, aunque eso le costara la vida, y, aun así, lo que más temía era perjudicar a la débil república de Vichy.

Cuando se hubo tranquilizado, bajó la escalinata despacio, apoyado en la baranda, y entró en el cuarto.

Gilbert estaba casi irreconocible, con la cara magullada, amoratada y los ojos hinchados.

—Dios santo, ¿quién le ha hecho eso?

Gilbert levantó la cabeza y vio con dificultad al cardenal.

—Gracias, excelencia.

—Tranquilo, qué menos debemos hacer por un hermano. ¿Qué le ha sucedido?

El hombre le explicó brevemente sus torturas y cómo por la providencia divina había logrado escapar.

—Deme el nombre del oficial y presentaré una queja formal al Gobierno alemán en Berlín.

—Es Klaus Barbie, aunque me temo que ellos ya saben lo sucedido. ¿Cómo están los niños?

El cardenal se sentó en el borde de la cama.

—No se preocupe, por lo poco que sabemos, todos están bien. La misión ha sido un éxito, aunque no debemos bajar la guardia. Los gendarmes siguen buscándolos y, por lo que veo, también los nazis.

Gilbert se quedó más tranquilo, pues temía que su delación hubiera puesto en peligro a los pequeños.

—Descanse un poco hasta que venga el médico.

El hombre cerró los ojos y enseguida se quedó profundamente dormido. No había nada más reparador que una cama con sábanas limpias y un sitio seguro en el que refugiarse.

Mientras Gilbert dormía, el cardenal fue hasta su despacho y llamó al padre Chaillet y al padre Glasberg para que acudieran de inmediato al palacio. Debían poner a salvo a Gilbert, pero el cardenal también estaba preocupado por sus sacerdotes: los nazis estaban empeñados en capturar a los niños y eran capaces de cualquier cosa para conseguirlo.

60

La cena

Lyon, 1 de septiembre de 1942

La cena de la noche anterior había sido mágica, al menos eso era lo que pensaba Lili. No había tenido mucha suerte en el amor: jamás fue una joven enamoradiza y la timidez le había impedido insinuarse demasiado a los dos chicos que le habían gustado, pero las cosas con George habían sido muy distintas. Desde el primer momento había sentido que era el hombre de su vida. Por eso se había atrevido a mostrar sus sentimientos, porque no quería que una vez más el amor pasara de largo.

Habían cenado en un pequeño restaurante del barrio antiguo. Cada vez había menos locales abiertos, ya que la escasez de productos y la falta de recursos de los franceses había hecho que la mayoría de los salones de té, cafés y restaurantes tuvieran que cerrar. Uno de los pocos que resistía era el Parisien, un local con cinco mesas en una calle estrecha y apartada del antiguo barrio judío. Lo regentaba Louis Pompadur, un hombre gordo, de rostro afable y muy hablador.

George había reservado una mesa, y cuando llegaron vieron las velas encendidas y solo otras dos parejas en el establecimiento. Ahora Lili se encontraba en el cuarto alquilado, en el que intentaba descansar un poco, mientras recordaba toda la conversación.

—Bienvenidos a mi humilde casa —dijo el dueño del restaurante con cierto desparpajo. Después los acompañó hasta la mesa.

—Los alemanes se llevan nuestros mejores vinos, pero he logrado salvar un burdeos que seguro que les gustará mucho.

El camarero les enseñó la botella y después la descorchó. Los dos jóvenes miraron la escasa carta y pidieron sus platos, que en apenas unos minutos los tenían sobre la mesa.

—Espero que todo esté de su agrado —dijo el señor Pompadur mientras se retiraba.

Los dos comenzaron a comer sin mediar palabra. En el fondo les podía cierto pudor, pero al final Lili rompió el silencio.

—Algunas personas me han recomendado que desaparezca de Lyon un tiempo, aunque yo creo que es una tontería, ¿qué pueden hacernos?

—Bueno, todo está un poco revuelto, puede que sea una buena idea. Al parecer han detenido a Gilbert y a la psicóloga.

Lili le miró sorprendida.

—¿Han detenido a Madeleine?

La joven se quedó preocupada. Tal vez sí debería ocultarse por un tiempo.

—La misma. Sería mejor que fueras a casa de tu madre unos días.

—¿Tú que vas a hacer?

El chico se encogió de hombros.

—Hay mucho que hacer en Lyon y el resto del departamento. Hay más niños judíos en otros campos.

—Pero eso es muy arriesgado, George.

—Alguien tiene que hacerlo.

Los dos continuaron la comida hasta que la joven dejó su mano izquierda sobre la mesa y él se la tomó.

—Vivimos tiempos difíciles, pero querría pedirte algo —dijo.

Lili le miró a los ojos, su rostro brillaba a la luz de las velas.

—Quiero que me esperes. Cuando termine la guerra, me gustaría casarme contigo.

La joven sintió una punzada en el pecho y su corazón comenzó a palpitar con fuerza.

—Eso sería...

El chico la miró con impaciencia.

—Maravilloso.

George se puso de rodillas junto a la mesa y le entregó un anillo.

—Era de mi abuela Rose, y lleva en la familia varias generaciones —dijo al entregarle el anillo de compromiso.

—Sí quiero, Dios mío, sí quiero.

Él se puso de pie y la besó, y sus labios le supieron a miel. El resto de los comensales se giró para observarlos. Nadie entendía cómo en medio de aquella oscuridad el amor podía abrirse paso, pero Lili y George estaban dispuestos a desafiar a su destino y entregar sus almas el uno al otro para siempre.

61

Madeleine

Lyon, 2 de septiembre de 1942

La joven psicóloga había pasado dos días encerrada, pero en contra de lo que pensaba no había sufrido ninguna tortura ni siquiera un interrogatorio, por eso, tenía la sensación de que se habían olvidado de ella. Tras estar esos días a base de sopas insípidas y pollo seco, Madeleine se sentía muy débil, pero a pesar de todo intentaba que no se le fuera la cabeza. Era consciente del riesgo de que estar encerrada pudiera terminar con sus nervios.

La celda era pequeña, unos dos metros por tres, sin luz exterior, apenas una bombilla encendida unas ocho horas al día y gracias a la cual sabía cuándo era más o menos de día o de noche, aunque estaba perdiendo la noción del tiempo. Parte de la jornada la dedicaba a recordar textos que había leído o pensar cómo serían las cosas cuando lograra salir de allí, pero cada vez le costaba más concentrarse, hasta que al tercer día, cuando estaban a punto de apagar la luz, el carcelero entró, la esposó y se la llevó.

—¿A dónde me llevan?

El hombre no dijo nada, puede que ni siquiera la entendiese bien. Llegaron a una sala más grande, aunque tenía pocos muebles: una mesa alta a un lado con herramientas, una silla de madera al otro, un armario metálico cerrado y lo que parecía un escritorio destartalado con una lámpara.

Cuando llegaron les esperaban dos hombres en mangas de camisa. Uno de ellos era alto y fornido, con los brazos musculosos y cara de simplón; el otro era más pequeño y delgado, pero su mirada la inquietó.

—Señorita, por favor, tome asiento —dijo el hombre que llevaba la voz cantante.

—¿Por qué estoy aquí? ¿De qué me acusan?

—Bueno, por ahora no está acusada de nada, pero los cargos que se ciernen sobre usted son muy graves. Han secuestrado ilegalmente a un grupo de niños que estaba custodiando el Gobierno de Vichy y que debían ir a Alemania, además de falsedad documental y obstrucción a la justicia. Incluso podríamos acusarla de terrorismo, ya que por lo que sabemos pertenece a la Resistencia.

La mujer frunció el ceño.

—Eso es absurdo, trabajo para una asociación, soy pacifista, jamás he usado un arma.

—Hay muchas formas de hacer daño al Estado, no para todas se requiere un arma.

—Quiero un abogado.

—Permítame que me presente, soy el capitán de las SS Klaus Barbie.

—Soy francesa y estoy en mi país, no me puede interrogar según las leyes de Francia.

—Se sorprendería de las cosas que podemos hacer en su país.

El hombre apoyó las manos enguantadas en los hombros de la joven.

—Ahora va a portarse bien y decirme los nombres de todas las personas que han participado en este asunto. Si me lo cuenta todo, tal vez podrá salir ilesa, de lo contrario...

El hombre señaló la mesa en la que se encontraban las herramientas.

—¿Qué me va a hacer? —preguntó ella aterrorizada.

—Nada bueno, se lo aseguro, nada bueno.

La joven se pasó unos segundos intentando evaluar sus oportunidades. Aquel hombre iba en serio.

—Dígame los nombres, no se sienta culpable. Sus amigos en sus mismas circunstancias harían lo mismo.

—No sé nada.

Klaus se puso delante de la joven y de un tirón le arrancó todos los botones de la blusa. Ahora, el sujetador blanco de la joven destacaba sobre su piel morena.

—No me obligue a hacerle daño.

La mujer le miró suplicante.

—Usted es la única que puede acabar con este sufrimiento.

Madeleine intentó pensar en otra cosa, abstraerse, pero en cuanto el hombre le quitó la primera uña, supo que no podría aguantar mucho más.

Tras confesar todos los nombres y algunas direcciones, la joven respiró hondo, porque pensaba que su sufrimiento había terminado.

—Ahora, para que vea que no le guardo rencor, usted y yo vamos a pasar un buen rato —le dijo mientras se bajaba los pantalones.

La joven se echó a llorar. Sabía que ya no volvería a ser la misma, pero si al menos fuera capaz de superar todo aquello o de no sentirse culpable, tal vez algún día recuperaría su vida otra vez.

62

Últimas paradas

La Baume-Cornillane, 5 de septiembre de 1942

La casa de la señora Sayns era un remanso de paz, pero Justus no podía quedarse con los brazos cruzados y dejar que simplemente pasara la guerra. En cuanto tuvo la oportunidad, contactando con unos viejos amigos que había conocido en la época que estaba con Varian Fry, intentó entrar en la Resistencia. Al principio pensó que un joven inexperto como él no podría hacer gran cosa: no sabía manejar un arma, explosivos ni una radio, pero le aceptaron en la red Gallia. La Resistencia no tenía muchas armas, pero intentaba sabotear algunas infraestructuras y acabar con la vida de oficiales y soldados que osaban ir solos por las ciudades del país.

Una tarde, tras regresar de una misión sencilla, cambiar todos los carteles de las carreteras para que los alemanes se perdieran, la señora Sayns ya le esperaba con la cena.

—¿Por qué has llegado tan tarde?

—Lo lamento, me he entretenido con unos amigos.

La señora Sayns sabía que le estaba mintiendo.

—Quiero que seas consciente de que si los gendarmes o los nazis te atrapan, los dos pagaremos las consecuencias.

El joven se sentó a la mesa y comenzó a tomar la sopa.

—No quiero ponerla en peligro, pero tampoco puedo quedarme con los brazos cruzados. Mañana mismo buscaré un lugar en el que alojarme.

—No es necesario, Justus, pero lo único que te pido es que tengas mucho cuidado.

El joven asintió con la cabeza. La mujer se sentó a su lado y comenzó a comer en silencio.

—¿Qué te gustaría hacer después de la guerra? —le preguntó la señora Sayns mientras tomaba la copa de vino.

—Bueno, no se lo va a creer, pero adoro la literatura francesa. Me gustaría aprender más y dar clases en la universidad.

—¿Sabes que tengo muchos libros en mi cuarto? Mañana mismo te bajaré algunos.

El joven sonrió a su protectora. No era como una madre, pero era lo más parecido a una que había tenido en los últimos años.

—Muchas gracias por ayudarme.

—Yo no tengo valor para empuñar un arma, pero quiero servir a Francia con los pocos dones que el buen Dios me ha concedido. Perdí a mi hijo en la anterior guerra, también a mi esposo, y lo único que me queda es ayudar a los que lo necesitan.

Los dos terminaron de cenar en silencio. Sobraban las palabras, habían aprendido a hacerse compañía e intentar que la soledad no les asfixiara. Al menos podían mantenerse unidos parte del camino.

63

La carta

Lyon, 6 de septiembre de 1942

Las demás diócesis habían pedido al cardenal leer su carta en todas las parroquias de Francia. Al principio Pierre Gerlier se lo pensó: no sabía qué repercusión podría tener aquella misiva en el resto de la Iglesia. Desde Roma habían buscado una política de apaciguamiento para intentar frenar la persecución cada vez más generalizada de los católicos, pero sin duda no podían permanecer callados por más tiempo. Sabía que no era el primero que se rebelaba contra la política colaboracionista de su Gobierno: monseñor Saliège, arzobispo de Toulouse, ya se había manifestado al respecto unas semanas antes. Las deportaciones masivas de judíos en aquel verano fatídico habían movido muchos corazones, pero él era uno de los hombres más importantes e influyentes de la Iglesia en Francia y no podía permanecer callado, aunque eso le costase la amistad y buena relación con el mariscal Pétain.

El cardenal se preguntaba cómo podía amar a sus enemigos, a aquellos hombres infames que hacían tanto mal al mundo, pero sabía que si no lo hacía, si sembraba odio en lugar de amor, al final nunca habría paz, sino una inmensa desolación.

La carta de su hermano Saliège era clara y contundente, y sus palabras sacudieron su propia conciencia, pero cuando vio que se llevaban a los suyos, a sus propias ovejas de Lyon, aquello le enfureció aún más.

Repasó primero la carta de su amigo el arzobispo de Toulouse, aunque la había leído numerosas veces.

Mis muy queridos hermanos:

Hay una moral cristiana, hay una moral humana que impone deberes y reconoce derechos. Estos deberes y estos derechos se deben a la naturaleza del hombre. Vienen de Dios. Los podemos violar. No está en el poder de ningún mortal suprimirlos.

Que los niños, las mujeres, los hombres, los padres y las madres fueran tratados como un vil rebaño, que los miembros de una misma familia fueran separados unos de otros y embarcados con destino desconocido, estaba reservado a nuestro tiempo ver este triste espectáculo.

¿Por qué ya no existe el derecho de asilo en nuestras iglesias?

¿Por qué somos perdedores?

Señor, ten piedad de nosotros.

Nuestra Señora, ruega por Francia.

En nuestra diócesis, se produjeron escenas de horror en los campos de Noé y Récébédou. Los judíos son hombres, las judías son mujeres. No todo está permitido contra ellos, contra estos hombres, contra estas mujeres, contra estos padres y madres de familia. Son parte de la raza humana; son nuestros hermanos como tantos otros. Un cristiano no puede olvidar esto.

Francia, patria amada Francia, que llevas en la conciencia de todos tus hijos la tradición del respeto a la persona humana. Francia caballerosa y generosa, no tengo ninguna duda, no eres responsable de estos horrores.

Las palabras de la misiva le dejaron de nuevo sin aliento. No tenía nada que objetar a la redacción, la forma o el fondo, pero sin duda aquel al que servían, el judío de Nazaret, se sentiría orgulloso de ellos. Él había venido al mundo a salvar lo que se había perdido, no a infundir más odio y maldad en la humanidad. Después miró su carta y rezó para que Dios protegiese a todos los judíos y católicos de Francia. Acto seguido, se puso sus ropas sagradas y acudió a la catedral de Lyon para oficiar, la suerte ya estaba echada.

64

Búsqueda

Saint-Sauveur-de-Montagut, 28 de agosto de 2001

Aquel día fue muy especial para Valérie, ya que, al otro lado de la mesa del viejo café que tantas alegrías y algunas tristezas le había dado durante años, se encontraban dos niñas supervivientes del campo de Vénissieux: Lotte Lévy y Rachel Kamimker. Las dos mujeres la miraron con ojos bondadosos, como son los de las personas que han sufrido mucho y han tenido que perdonar para seguir adelante, y ella les sonrió.

—He visto sus vidas escritas en fichas, las fotografías, y por un momento pensé que no eran reales, como si toda la historia del campo fuera solo eso, una historia que desenterraba del polvo del pasado, pero son de carne y hueso.

—Sí, querida, mucha carne y mucho hueso —bromeó Lotte, que estaba algo más rellena.

—¡Qué inmenso placer conocerlas!

—El placer es nuestro. Nos comentaron que ha estado investigando lo que sucedió aquella última semana de agosto de mil novecientos cuarenta y dos. Todas nosotras deberíamos haber estado nerviosas por el comienzo del colegio, oliendo nuestros libros nuevos, los zapatos recién estrenados, las carteras que comenzaban a ajarse por el uso, pero nos llevaron en unos autobuses al infierno y nos robaron lo que más queríamos en el mundo.

El rostro de Rachel se descompuso por unos instantes.

—Lo lamento tanto —acertó a decir Valérie mientras le tomaba la mano.

—A veces las cosas simplemente tienen que suceder, la mera existencia es sufrimiento y dolor, también amor y vida. ¿Quiénes seríamos si no hubiera sucedido aquello? Nunca lo sabremos, sin duda otras personas, pero los avatares de la vida nos enseñan siempre las lecciones más importantes, aquellas que no se pueden aprender en los libros de historia —añadió Rachel con su voz dulce.

Lotte frunció el ceño y comentó:

—No hemos venido hasta aquí para entristecer a nuestra amiga. Usted sabe mejor que nosotras lo que pasó, éramos pequeñas, nos sentíamos tan asustadas y aturdidas que, si le soy sincera, apenas me acuerdo de nada. Seguro que es mejor así, aunque lo que se me ha quedado grabado en la mente, y es el recuerdo que más me atormenta, es la última mirada de mi madre, aquella mirada de desesperación y miedo. Yo siempre había sido una niña sobreprotegida y pienso que la pobre creyó que no sobreviviría sin ella —explicó Lotte, y aunque su rostro intentaba ocultar sus emociones, sus ojos delataban el dolor que soportaba en su interior.

Las tres mujeres charlaron un rato y relataron todo lo que recordaban.

—¿Siempre habéis sabido quiénes erais? —les preguntó Valérie.

—Yo sí, me acordaba de todo, pero creo que si mis padres hubieran tratado de convencerme de que era otra persona, lo habrían logrado. Siempre ha sido muy doloroso mirar atrás.

Lotte observó a su amiga para ver qué decía ella, pero Rachel se lo pensó un poco más antes de contestar.

—Yo no sé quién era, tampoco sabía demasiado de mi familia, todos murieron asesinados en los campos. Somos una generación de nombres perdidos, de vidas perdidas, nuestra identidad desapareció aquella noche de tormenta y miedo, de lluvia y relámpagos, nos convertimos en otras personas.

Valérie apagó la grabadora y tomó las manos de las dos mujeres.

—Vuestras vidas no se perderán para siempre con el viento impetuoso de la historia, porque son más que las fichas azules donde vuestros padres renunciaron a vosotras para salvaros la vida.

Las dos mujeres sonrieron, aunque sus corazones estaban rotos por dentro. Ahora eran madres y abuelas, pero en el fondo seguían siendo las niñas perdidas que tuvieron que escapar del infierno una noche de agosto mientras el cielo desataba toda su furia contra una tierra maldita, que era capaz de entregar a sus hijos para sobrevivir, aunque fuera bajo el yugo de la esclavitud tiránica de los nazis.

—Es misterioso que surja amor entre los desconocidos, pero siento que os conozco a las dos —dijo la historiadora.

—El amor es mucho más que un sentimiento o una emoción: es fundamentalmente una decisión, y usted ha decidido amarnos, al menos a aquellas niñas perdidas de Vénissieux.

Valérie sabía que Rachel tenía razón. Amaba su investigación, los nombres escritos en unas fichas descoloridas, no a aquellas dos mujeres que tenía frente a sus ojos.

—Aun así, queremos agradecerle que haya rescatado nuestra historia. Durante mucho tiempo no nos atrevimos a hablar de lo que pasó, ni siquiera con nuestros hijos. Preferíamos olvidar, pero es malo hacerlo: si perderemos la memoria nos quedaremos en nada, seremos huérfanos de verdad —comentó Rachel.

Lotte sonrió, y para relajar un poco el ambiente, dijo a la joven:

—Los cafés los paga usted.

—Claro, será un placer. ¿Os habíais vuelto a ver?

Las dos mujeres se miraron y después sonrieron.

—Bueno, durante un tiempo sí, después cada una hizo su vida, ya sabe, el destino nos junta con algunas personas por un tiempo. A veces creemos que es para siempre, pero en ocasiones es por un tiempo breve, y después nos vuelve a separar como si fuéramos extraños. Por eso debemos atesorar en nuestros corazones a la gente que comparte la vida con nosotros, porque puede que los perdamos y nos demos cuenta después de que nos hubiera gustado compartir más cosas con ellos.

Valérie atesoró las palabras de Rachel, pidió la cuenta y mientras se despedía se convenció más que nunca que su misión era devolver sus vidas a todos esos niños asustados y perdidos, para que nunca más tuvieran que volver a esconderse.

65

Fieles

Lyon, 6 de septiembre de 1942

El cardenal llegó a la iglesia y se sentó en su trono. Aquella mañana el templo se encontraba a rebosar, incluso había muchas personas de pie. La ocupación nazi había tenido un efecto directo en la gente: la incertidumbre parecía una gran aliada de la fe o al menos de credulidad.

Cuando el diácono tomó la carta del cardenal para leerla, este aguantó la respiración. Le preocupaba mucho la reacción del pueblo, ya que al final era él quien terminaba con las tiranías de los hombres.

El diácono carraspeó antes de comenzar la lectura, como si fuera consciente, al menos en parte, de que aquel seguramente era el momento más importante de su vida. En el fondo estaba haciendo historia.

—La ejecución de las medidas de deportación que

actualmente se persiguen contra los judíos suscita en todo el territorio escenas tan dolorosas que tenemos el imperioso y doloroso deber de levantar la protesta de nuestra conciencia. Asistimos a una cruel dispersión de familias donde no se salva nada, ni la edad, ni la debilidad, ni la enfermedad. Duele el corazón al pensar en los tratamientos sufridos por miles de seres humanos y más aún al pensar en los que se pueden prever.

»No olvidamos que hay un problema que debe resolver la autoridad francesa, y medimos las dificultades que debe afrontar el Gobierno.

»Pero ¿quién querría reprochar a la Iglesia que en esta hora oscura y ante lo que se nos impone, afirme a viva voz los derechos imprescriptibles de la persona humana, la santidad de los lazos familiares, la inviolabilidad del derecho de asilo y la imperiosa exigencia de esa caridad fraterna que Cristo hizo la marca distintiva de sus discípulos? Es el honor de la civilización cristiana, y debe ser el honor de Francia, nunca abandonar tales principios.

»No es sobre la violencia y el odio que podemos construir el nuevo orden. Solo lo construiremos, y la paz con él, en el respeto a la justicia, en la benéfica unión de mentes y corazones, a la que nos invita la gran voz del mariscal, y donde reflorecerá el secular prestigio de nuestra patria.

»¡Dígnate a Nuestra Señora de Fourvière que nos ayude a acelerar su regreso!

Tras la lectura se hizo un largo e incómodo silencio, pero al final un hombre bien vestido de las primeras filas se puso de pie y comenzó a aplaudir. Una señora humilde que estaba de pie le acompañó, y a los pocos segundos más de un millar de personas estaban dando una ovación a la valentía de su pastor, el cardenal Gerlier.

Este se levantó y se colocó frente al púlpito.

—Dice el sabio Salomón que hay tiempo de hablar y tiempo de callar, tiempo de guerra y tiempo de paz, tiempo para esparcir y tiempo para recoger. Todo tiene su tiempo, y hoy es el tiempo de gritar a los cuatro vientos desde todas las parroquias de Francia que lo que nos ha hecho grandes es nuestro amor por la verdad y la justicia. La Iglesia ha errado muchas veces cuando ha intentado imponer su credo a otros, ha errado cuando ha cargado contra el pueblo judío, que es el pueblo elegido por Dios y por medio del cual llegó el Mesías y Salvador de nuestras almas. Es tiempo de que hombres y mujeres, niños y adultos, pobres y ricos, hijos todos de Dios, nos neguemos a colaborar con el mal, y tiempo de pedir a los que nos gobiernan que no nos hagan elegir entre nuestra conciencia y sus leyes injustas, entre el bien y el mal, porque elegiremos el bien y nuestra conciencia.

La gente, que se había sentado para prestar atención, comenzó a ponerse de pie emocionada. Hacía tanto tiempo que no escuchaban palabras tan valientes, que pusieran por delante el amor al odio, el honor a la cobardía en la que se había sumido el Gobierno francés, que muchos lloraban de emoción, como si aquel discurso les hubiera devuelto el alma de Francia.

—Pedimos al Gobierno del mariscal que rectifique, porque si no, será juzgado por la historia y el tribunal supremo que impartirá justicia a cada hombre sobre el bien y el mal que haya hecho o permitido en este mundo. El tribunal inapelable de Dios, en el que todos deberemos presentar defensa. No podemos mirar a otro lado, y no queremos hacerlo. Los niños de Francia son nuestros, y sus rostros inocentes no verán los campos de Alemania, no sucumbirán ante la ignominiosa plaga de odio y maldición que asola a Europa. ¡Dejad a los niños en paz! Jesús dijo que acercáramos los niños a Él porque de ellos es el Reino de los Cielos, y que nadie podrá alcanzar la salvación si antes no se hace un niño. Queréis robarnos el mayor tesoro de Francia, un tesoro que no se encuentra en el Louvre, en los salones de Versalles o en nuestras colonias: es el tesoro de nuestra libertad y fraternidad. Pero como son intangibles, jamás podréis arrebatárnoslos, aunque destruyáis nuestra vida. No os tenemos miedo: el verdadero miedo es hacia lo que nos puede robar la vida eterna, pero vosotros nada podéis contra el imperio de la paz, el amor y la verdad.

Cuando el cardenal se retiró del púlpito, sudaba copiosamente, y se tambaleó hasta el trono, donde uno de los sacerdotes le ayudó a sentarse. Después miró al frente y vio a la gente emocionada. Hacía tiempo que los franceses no se sentían otra vez orgullosos de serlo, les había devuelto un poco de su dignidad y, por ello, intuyó que algo había cambiado, que aquello era el principio del fin. Podría costar tiempo y sangre, pero los alemanes y sus cómplices habían sufrido una derrota moral sin precedentes.

66

Miedo

Lyon, 6 de septiembre de 1942

Pierre Laval levantó el teléfono con cierto temor: el presidente le había dicho que tenía que llamar de inmediato a Carl-Heinrich Rudolf Wilhelm von Stülpnagel para comunicarle que el Gobierno francés no le facilitaría más judíos, ya fueran estos extranjeros o nacionales. El primer ministro sabía que esto podía significar el fin de la débil independencia de la Francia Libre, pero el viejo mariscal lo había dejado muy claro. La opinión pública había hablado. Tras la carta pastoral del cardenal de Lyon, las protestas se habían extendido por todo el país, y Pétain era consciente de que su Gobierno se sustentaba sobre los franceses, no sobre el poder de los alemanes.

—Comandante militar de Francia, soy el primer ministro.

No hubo contestación al otro lado, únicamente el sonido de una respiración profunda.

—El presidente me ha comunicado que debemos suspender las deportaciones de extranjeros y ciudadanos franceses de origen judío. Nos vemos ante la necesidad de frenar cualquier acción de este tipo hasta nueva orden.

El alemán no contestó. Llevaba toda una vida entregada a la defensa de Alemania, casi cuarenta años dedicados al ejército, su familia era de la vieja escuela prusiana, centrada en el honor, la lealtad y el cumplimiento de sus obligaciones. Su primo Otto von Stülpnagel había tenido que dimitir al negarse a cumplir las estrictas órdenes de Hitler contra la resistencia que comenzaba a gestarse en Francia y, aunque había aceptado a regañadientes las deportaciones de judíos, era consciente de que oponerse a Hitler era un suicidio político y personal. Llevaba un tiempo coqueteando con la oposición clandestina a Hitler dentro del ejército, pero sabía que mientras el Führer siguiera ganando batallas nadie podría derrocarlo de su puesto. Únicamente cabía esperar el momento oportuno. Las SS y la Gestapo le presionaban para que cumpliera a rajatabla las leyes raciales y la represión a los enemigos de Alemania. Himmler en el fondo ambicionaba el poder que el ejército aún ostentaba en Alemania.

—¿Sabe lo que me está pidiendo? El Führer ha dado órdenes muy claras. Quiere a todos los judíos de Europa en Alemania para este año.

—No podremos satisfacer sus demandas, lo siento.

—El Führer no conoce la palabra «no», tendrán que atenerse a las consecuencias. Son aliados de Alemania y deben respetar los acuerdos entre nuestras naciones.

—Ya sabéis que deseo la victoria de Alemania, porque sé que sin ella estamos perdidos, los bolcheviques gobernarán el mundo, pero el pueblo francés no desea deportar a sus judíos.

—¿Desde cuándo es el pueblo el que manda? Los líderes viriles son los que dicen al pueblo lo que tiene que creer y hacer. Reprima las protestas y ponga en orden su casa o tendremos que ocuparla muy pronto.

Laval sabía que en el fondo los nazis no tenían en ese momento hombres suficientes para dominar todo el territorio, que el frente del Este estaba consumiendo todos sus esfuerzos. Además necesitaban a Francia para continuar con su esfuerzo de guerra, y unos pocos miles de judíos no iban a romper las estrechas relaciones entre Vichy y Berlín.

—Comunicaré de inmediato la decisión de su Gobierno al mío, pero sin duda habrá represalias de algún tipo. Dentro de poco nuestras tripas se desplegarán por todo el territorio, puesto que ustedes no son capaces de mantener el orden y cumplir su palabra.

Laval tomó muy en serio las amenazas del alemán, aunque pensó que Hitler terminaría calmándose y apreciando la lealtad de su Gobierno al Tercer Reich. Unos meses más tarde pudo comprobar que estaba equivocado.

67

La nota

Lyon, 7 de septiembre de 1942

Klaus Barbie estaba furioso: una nota circulaba por todas partes desafiando a los alemanes. El cardenal Gerlier y todos sus secuaces habían retado a los ocupantes del país y él se lo haría pagar caro.

Leyó de nuevo la nota y comenzó a maldecir.

NO OS LLEVARÉIS A LOS NIÑOS
Por orden de los alemanes, el prefecto Angeli exigió
que se le entregaran ciento sesenta niños judíos
de dos a dieciséis años.
Se confió estos niños al cardenal Gerlier por parte de sus
padres, a quienes Vichy ya había entregado a Hitler.
El cardenal declaró al prefecto:
«No te llevarás a los niños».
El conflicto está abierto, el conflicto es público.
La Iglesia de Francia se levanta contra el innoble
Tartarín racista.

Francés de todas las opiniones, de todas las creencias,
escucha la llamada de tu conciencia, no permitas
que se entreguen inocentes a verdugos.

<small>LOS MOVIMIENTOS UNIDOS DE LA RESISTENCIA</small>

El capitán había enviado a sus hombres a capturar a los miembros de la Resistencia que habían colaborado en la liberación de los niños, pero todos se habían esfumado. Sabía que no era fácil dominar a un pueblo tan orgulloso como el francés, pero se propuso conseguirlo.

Escribió a Alemania, a las oficinas de la Gestapo en Berlín para que les enviaran más hombres y recursos materiales. Aún estaban a tiempo de parar a la Resistencia, pero si no lo hacían en breve, aquel mal se extendería por todos los territorios del Reich, y cualquiera pensaría que podría levantarse contra los alemanes sin sufrir las consecuencias.

Los arios eran mucho más que simples mortales: eran la raza elegida para gobernar el mundo y eso nadie lograría pararlo.

Klaus Barbie ordenó que llevaran a su cárcel secreta a todos los implicados que localizaran. Lamentaba que Gilbert Lesage hubiera escapado y que Alexandre Glasberg estuviera oculto, pero al menos sabía dónde dar con el padre Chaillet. Si tiraba del hilo conseguiría capturar a todos y terminar con la Resistencia de Lyon y, sin duda, aquello le supondría un ascenso fulminante y podría regresar a casa con su familia. Sería recibido como un verdadero héroe y el garante de la pureza de la raza aria.

68

Reencuentro

Brotteaux, 18 septiembre de 1942

Lili había cogido todas sus pertenencias y con documentación falsa se había trasladado a vivir a un barrio alejado del suyo. Se había teñido el pelo para pasar desapercibida y cambiado de trabajo. La única que conocía su verdadero paradero era su madre, por eso se extrañó cuando aquella tarde llamaron a su puerta. Al principio se sobresaltó, pero al mirar por la mirilla vio que se trataba de George Garel.

Cuando al día siguiente de la cena fue a verlo a su casa, George había desaparecido. La joven pensó que una vez más el amor había pasado de largo por su puerta, pero estaba equivocada, el joven había huido para salvar su vida y todo aquel tiempo había estado escondido en la casa de un amigo. En cuanto logró que le dieran documentación falsa, lo primero que hizo fue buscar a su amada. No olvidaba que le había prometido casarse con ella, aunque las circunstancias no invitasen mucho a ello.

Lili abrió la puerta y, rodeando el cuello del hombre con los brazos, le dio un beso.

—¡Dios mío, cuánto te he echado de menos!

El hombre miró a sus espaldas y le dijo:

—Será mejor que sigamos dentro.

Los amantes se fueron besando por el largo pasillo, llegaron a la habitación casi desnudos, se tumbaron en la cama y comenzaron a hacer el amor con desesperación. Tras una hora interminable de placer, se recostaron en la cama y encendieron un cigarrillo. En aquel momento mágico parecía que ya nada podría separarlos de nuevo.

—¿Cómo has encontrado mi casa?

—Tu madre, le hablaste de mí, ¿verdad?

La joven sonrió.

—Nadie te ha dicho nunca que eres un arrogante y pretencioso.

—¿Por creer que le habías hablado de mí a tu madre? Imaginé que teníais ese tipo de relación. Si soy tan pretencioso, ¿por qué te gusto?

—Porque eres muy guapo —bromeó la chica.

Se besaron, y después ella se levantó para llevar un par de cafés a la cama.

—¿Sabes dónde están los otros? —preguntó el hombre a su amada.

—No, pero es mejor así. Están intentando darnos caza a todos.

—Tengo la sensación de que algo ha cambiado, y

que se ha terminado la buena suerte de los nazis. Ahora nos toca a nosotros.

Ella le miró sonriente.

—Veo que el sexo te hace sentir muy optimista.

—No, pero las calles están llenas de octavillas contra los nazis, y las paredes, con la «V» de victoria. Parece que la gente les ha perdido el miedo y el respeto.

Lili apoyó la cabeza sobre el pecho de su amante.

—¿Crees que algún día podremos recuperar nuestra vida? Nunca he anhelado tanto tener una vida normal, como si hubiera necesitado una guerra para darme cuenta de que lo que de verdad importa es precisamente lo que muchas veces desechamos. Caminar juntos de la mano, comer en el campo, tomar un buen vino con queso, tener un bebé precioso con tus ojos o simplemente observar cómo se caen las hojas de los árboles.

—Algún día recuperaremos todo eso y te convertirás en la señora de Garel. Tendremos veinte hijos.

—Para el carro, con cuatro o tres será suficiente.

Pasaron el resto de la tarde soñando y haciendo el amor. La vida continuaba a pesar de todo, y deberían aprender a seguir adelante. No podían pararlo todo hasta que los nazis fueran derrotados, no sabían cuándo la muerte llamaría a su puerta y lo único que importaba en aquel momento era tomar la copa de su existencia hasta el final, sin dejar nada para más tarde. El futuro no existía, y todo se había convertido en presente.

69

Sacerdote

L'Honor-de-Cos, 25 noviembre de 1942

El padre Glasberg sabía que todos los niños, menos tres, habían logrado ocultarse y sobrevivir. Aquello era lo único que le importaba. No sabía por qué, pero siempre se había sentido francés a pesar de haber nacido en Polonia, igual que siempre se había visto como católico, aunque su origen era judío. En algún sentido, jugaba continuamente a ser lo contrario de lo que el resto del mundo quería que fuera.

El cardenal le había enviado como párroco a una iglesia alejada de Lyon, para su mayor seguridad. Su pequeña capilla en la aldea de Léribosc en Occitania podría parecer a muchos una especie de pequeño exilio, pero para él era el paraíso en la tierra. Había vivido en muchas ciudades, tenido que hacer viajes por varios países, pero en aquel rincón apartado del mundo había descubierto la paz que le producía la naturaleza.

Daba largos paseos matutinos y casi todos los días veía corzos, águilas, zorros y todo tipo de animales salvajes. Por las tardes visitaba a sus feligreses, la mayoría de avanzada edad, tomaba café con ellos o jugaba a las cartas. Junto a ellos dejaba pasar la vida, que el mundo siguiera su curso sin tener la sensación de que debía salvarlo. Sabía que aquel era un regalo de Dios, una especie de paréntesis en su vida, y estaba dispuesto a disfrutarlo.

Aquel día miró la nieve en algunos de los montes cercanos. Era como si allí la destrucción de los hombres, sus locas ambiciones y deseos no tuvieran cabida. Que el mundo seguiría girando fuera quien fuera quien lo gobernara.

Pensó en los niños y en aquellos tres interminables días de preocupación y desvelo. Sospechaba que su vida habría merecido la pena si hubiera salvado solo a uno de ellos, pero en realidad habían sido más de cien. Se imaginó cómo serían sus vidas en la actualidad. Era consciente de que cada una de aquellas vidas se convertiría en una fuerza multiplicadora de felicidad y amor. Cada vez que hacemos algo bueno por los demás, en el fondo lo estamos haciendo por el resto de la humanidad.

Se sentó en el poyete frente a la fachada de su humilde casa y contempló los campos yermos del invierno. Sabía que de aquellos árboles sin hojas y campos infructuosos volvería a resurgir la vida en primavera, siempre había sido así. No importaba lo duro que fuera el invierno, lo frío y pertinaz, la vida resurgiría de sus cenizas, demostrando una vez más que detrás de cada muerte siempre habrá un nuevo comienzo y que es necesario que una semilla muera para que pueda llevar un abundante fruto.

70

Otro paraíso

Le Chambón Sur Lignon, 2 marzo de 1943

Madeleine Dreyfus había conseguido escapar de las garras de Klaus Barbie. Una de las personas de limpieza del edificio de la Gestapo se hizo con la llave de su celda y le ayudó a salir de allí. La mujer, aturdida y destrozada, se presentó en la casa de Elisabeth Hirsch y esta la llevó a un convento para que se escondiera. Después le facilitó documentación falsa e hizo que la llevaran a una zona apartada de los Prealpes franceses, a la localidad de Le Chambón Sur Lignon.

Aquel lugar era un paraíso. El pastor André Trocme y su esposa Magda la acogieron como si fuera una hija.

La comunidad estaba volcada en la ayuda a la infancia, y Madeleine logró sanar sus heridas emocionales y físicas convirtiéndose en un puente entre Lyon y Le Chambón Sur Lignon.

—¿Cómo te encuentras, querida? —preguntó Magda a la joven, que estaba arreglando los papeles de algunos niños que habían acogido.

—Estaba pensando en Lyon y todo lo que sucedió allí. A veces me gustaría no haber hecho nada, tuve que pagar un precio muy alto.

Magda se sentó a su lado.

—Es cierto, lo tuviste que pagar.

—Pero otras veces imagino el sufrimiento de aquellos padres: tuve que pedirles que renunciasen a sus hijos, y ellos sabían que no volverían a verlos jamás.

—No quiero ni imaginar lo que sufrieron, si me quitasen a mis hijos no sé qué haría —contestó Magda.

—El sacrificio es siempre el camino más difícil, pero nos lleva a lugares donde no existe el egoísmo. Cada noche recuerdo la cara de todos esos niños y me imagino cómo será su vida ahora. Si no hubiésemos hecho nada habrían muerto.

Magda puso su mano sobre el hombro de la joven.

—No podemos salvar a todo el mundo, pero cada uno de nosotros, con pequeños gestos, a diario, marcamos una gran diferencia. Mi familia lo pasó muy mal cuando tuvieron que dejarlo todo en Rusia, pero cuando miro atrás, pienso que si no hubiera sido por aquel sufrimiento jamás habría conocido a André ni hubiera dedicado mi vida a los demás. Mi familia era de la aristocracia, lo tenía todo, pero le faltaba lo más importante: el amor. No podremos llevarnos nada de este mundo, pero sí permanecerá el amor que hayamos sembrado.

Madeleine sonrió a su amiga. Ella también había sembrado amor, pero había recogido una cosecha aún más importante que aquello que había tenido que sacrificar. Klaus Barbie le había robado su inocencia y mancillado su cuerpo, pero sabía que su alma seguía intacta. En cambio, él era un ser vil, egoísta, incapaz de amar y algún día tendría que pagar por todo lo que había hecho, ya fuera en este mundo o en el venidero. No le odiaba, había logrado perdonarlo, porque era consciente de que el perdón siempre libera al que ha sufrido la ofensa y le permite seguir amando para poder escapar de la cárcel del odio y el rencor.

—Esto también pasará —dijo Magda, como si intuyera sus pensamientos.

—A veces creo que es mejor que no pase, jamás me he sentido tan dichosa y plena.

Las dos mujeres se quedaron en silencio, nunca pensaron que dándose al prójimo podían recibir tanto. Si lo hubieran sabido antes podían haber hecho más por los demás, y ahora eran conscientes de que el secreto de la felicidad siempre se encontraba en el rostro de un niño o una persona que necesitaba su ayuda.

71

Elisabeth

Barcelona, 9 mayo de 1944

Elisabeth Hirsch dejó su puesto como directora de la OSE cuando los niños del campo fueron liberados. La idea era que su lugar lo ocupara Madeleine Dreyfus, pero esta tuvo que huir al poco tiempo a Le Chambón Sur Lignon. Elisabeth llevaba desde los años treinta ayudando a niños judíos en el exilio, pero sabía que no podía seguir operando en Francia sin que su vida peligrase.

Consiguió llegar hasta Cataluña y atravesar la frontera sin dificultades. Al otro lado la esperaban miembros de la Resistencia judía que, gracias a la ayuda de un grupo de diplomáticos españoles, estaban encaminando a los judíos que salían de varios países del Este para llevarlos a Palestina y Estados Unidos.

Los primeros días en Barcelona fueron increíbles: por primera vez en muchos años se sentía a salvo, sin tener que mirar cada cinco minutos a sus espaldas. Alquiló un pequeño apartamento en las Ramblas, y mientras organizaba toda la red, se dedicó a visitar la ciudad y disfrutar de la primavera española.

Le parecía increíble que, a pesar de la dictadura y las necesidades materiales, los españoles disfrutaran de la vida. La gente pasaba mucho tiempo en la calle, relacionándose con los demás, caminando o tomando algo en las numerosas terrazas que había por todas partes.

Uno de aquellos días que había salido a pasear, de repente vio a un viejo y desagradable conocido. Uno de los nazis con los que había coincidido durante su etapa en París. Aquello solo podía significar una cosa: Alemania estaba perdiendo la guerra.

No solía seguir las noticias, estaba cansada de las batallas, que aunque apenas ocupaban unos párrafos en los periódicos franquistas, controlados por la férrea censura, escondían tras ellos cientos de miles de dramas humanos.

La red para sacar a los judíos de Europa solía empezar en Barcelona o Valencia, después pasaba por Madrid camino de Lisboa o en los barcos que iban para América desde Cádiz y otras partes de Europa.

La mujer había salvado a cientos de niños en diferentes campos de concentración en Francia. También había dirigido varias expediciones de supuestos *scouts* para pasarlos por la frontera de Suiza, pero seguía recordando a los niños de Vénissieux, que ocupaban un lugar especial en su memoria. Nunca antes había conseguido con su grupo de compañeros salvar en una sola noche a más de un centenar, una noche dramática seguida de varias jornadas de infarto.

A medida que transcurrían los años, mientras la vida se abría paso de nuevo, la mujer se preguntaba qué habría sido de sus vidas. Desconocía si eran felices o desdichados, si el peso de su pasado había lastrado para siempre su vida o habían conseguido salir adelante. Nadie está preparado para abandonar a sus padres en una situación tan dramática, pero si algo había aprendido era que el ser humano tenía más resiliencia de la que podía parecer a primera vista.

Tras más de un año en España echaba de menos Francia, su país de acogida. Ella había nacido en Rumanía, pero habían llegado al país galo cuando era muy pequeña. Su hermano Sigismond era un hombre brillante, había formado a los *scouts* judíos, pero había terminado con su querida esposa en Auschwitz, lo que a aquellas alturas todos sabían que significaba la muerte segura.

Su sobrino Jean-Raphaël continuaba con vida y se había unido a la Resistencia. Aquella maldita guerra le había robado casi todo lo bueno que había tenido alguna vez, pero también le había permitido conocer hasta dónde estaba dispuesta a llegar para cambiar las cosas.

Elisabeth se asomó a la terraza y, a lo lejos, casi en la línea del horizonte, un pedacito de mar la animó. Aquella inmensidad azulada siempre le había hecho sentirse tan pequeña e insignificante que cada vez que pensaba que la Tierra era un minúsculo planeta en medio del universo, no lograba entender el sentido del ser humano y su afán para hacer daño.

Miró la carta de Maribel Semprún sobre su mesita, quien se había refugiado en Suiza después de escapar de dos guerras, la de su país y la de Francia.

La mujer se sentó en la silla que había sacado a la terraza y escuchó el murmullo de los transeúntes y el sonido de las bocinas de los coches. Por primera vez supo que lo que le gustaba de España era descubrir que la bendita normalidad algún día llegaría a su vida y su país. Entonces podría volver a ser Elisabeth Hirsch, una mujer anónima que lo único que deseaba en la vida era ser feliz.

72

Salvado

Después de tanto tiempo sacando a personas de los campos de concentración, al final él había acabado en uno. Gilbert se miró en el espejo mientras se afeitaba: su cara ojerosa y llena de arrugas había envejecido mucho en aquellos casi cinco años largos de guerra. Se colocó la camisa y salió al patio. Aquel viejo cuartel servía de internamiento para todo tipo de personas, especialmente miembros de la Resistencia. Tenía una ligera cojera en la pierna derecha, un regalo de Klaus Barbie durante su estancia en la cárcel de la Gestapo en Lyon. Había escuchado de las terribles fechorías de este sujeto en la región y esperaba que algún día pagase por sus culpas.

—Hola, Pierre, ¿has conseguido el periódico? Estoy deseando que termine la guerra.

—Los aliados están a las puertas de París, no creo que tarden mucho en liberarnos.

—Pues se están tomando su tiempo —bromeó Gilbert, al que le parecía que el desembarco de Normandía y el avance de los aliados no eran lo bastante rápidos—. Seguramente haga demasiado calor —dijo mientras intentaba con el sombrero darse algo de aire en el pecho.

—Gilbert Lesage —dijo una voz en un lado del patio.

El hombre se acercó al guarda sin mucho entusiasmo.

—¿Qué sucede?

—Te quieren ver en la enfermería.

Se dio cuenta de que le estaba llamando su viejo amigo Michel, un médico alsaciano que intentaba mantener con buena salud a los prisioneros del campo, a pesar de que apenas tenía medicinas para hacerlo.

Llegó a la enfermería, y Michel cerró la puerta de la consulta en cuanto estuvo dentro.

—Van a llevarse el último transporte.

—No es posible, los aliados están a pocos kilómetros —contestó Gilbert.

—Por eso mismo, somos mano de obra gratis y ellos aún piensan que van a ganar la guerra. Hitler dice que con sus misiles teledirigidos doblegará a los ingleses.

—Nadie se cree ya eso.

—Puede que sea cierto, pero a los alemanes no les queda más remedio que resistir, los rusos se los están comiendo vivos. Dentro de poco entrarán en territorio germánico y se cobrarán su revancha.

Gilbert se encogió de hombros. No entendía el ciclo

de odio que se retroalimentaba sin encontrar nunca como frenarse y dar la oportunidad a cada generación de comenzar de cero.

—¿Por qué me cuentas todo esto?

—Ven.

El hombre movió la camilla donde hacía la consulta. Detrás había oculto un panel, lo retiró y le enseñó el hueco.

—Entran dos personas nada más.

Gilbert frunció el ceño.

—Pero ¿qué pasará con los demás?

—Solo entran dos personas —dijo el doctor.

—¿Por qué yo? Hay jóvenes, personas que tienen toda la vida por delante. También padres de familia, a mí nadie me espera.

—Has salvado a miles de personas, qué digo, posiblemente a decenas de miles. Eres el mejor ser humano que he conocido en mi vida.

—Pues me gustaría salvar a otro —concluyó el hombre.

—Hoy vas a tener que dejarme que te salve yo a ti.

Gilbert sintió cómo se le hacía un nudo en la garganta. No estaba preparado para que lo salvaran, y creía que su vida no valía la pena.

—Vamos, antes de que lleguen los alemanes.

—Gracias —dijo el hombre con los ojos llenos de lágrimas.

—No es momento para sentimentalismos.

Los dos hombres entraron en el minúsculo habitáculo, colocaron la camilla y el panel de nuevo en su sitio, y contuvieron el aliento. Los nazis se llevaron aquel día a un buen grupo de deportados, y ellos dos podrían haber estado entre los últimos desafortunados franceses que terminaron en los campos de exterminio alemanes o en las fábricas de armas, donde los operarios fallecían por el exceso de trabajo y los maltratos físicos y psicológicos que recibían de sus captores.

Unas horas más tarde, cuando salieron del escondite, el lugar estaba medio abandonado: solo algunos ancianos y unos pocos prisioneros que se habían escondido pudieron ver cómo los aliados liberaban el campo.

Gilbert fue con los demás hasta la puerta de acceso. Varios soldados, que llevaban uniforme francés, la abrieron.

—Gracias —dijo a sus libertadores.

—Somos de la División Leclerc —le contestó un español en un mal francés.

Gilbert comenzó a reírse a carcajadas, pues jamás se la había pasado por la cabeza que un grupo de españoles fueran las primeras unidades en liberar París. La historia estaba llena de ironías, pero sin duda aquella se llevaba la palma.

Las tanquetas, con nombres de ciudades españolas, pasaron frente al viejo cuartel. Aquellos soldados, que llevaban en la lucha desde 1936, cuando dio inicio la Guerra Civil española, ahora se dirigían a Alemania para devolverle a Adolf Hitler todas las bombas que había lanzado sobre la gente inocente en las ciudades de España.

Gilbert comenzó a vitorear a los soldados bajo el intenso sol de agosto, y se acordó del verano de 1942, cuando en Lyon tuvieron que tomar partido por la justicia y salvar a ciento ocho niños de las garras de los nazis. Esperaba que nunca más Europa tuviera que enfrentarse a algo así, que toda aquella lucha por la libertad y la dignidad humana hubiera merecido la pena.

73

Últimas voluntades

Alba-la-Romaine, 12 enero de 1943

Rachel llevaba unos meses en el pueblo. El invierno parecía haber borrado todas las heridas del verano anterior, aunque la pequeña seguía echando de menos a su padre y su madrastra. Allí su nueva familia adoptiva y otros miembros de la Resistencia se ocupaban de ella, pero la soledad persistía en su alma. La niña muchas veces regresaba al viejo teatro romano, donde aquellas piedras milenarias, testigos de tantas desgracias, parecían entenderla mejor que nadie. Después desenfundaba su violín y lo apoyaba entre su pecho y su rostro para obtener de sus cuerdas las notas más tristes del mundo. Durante al menos una hora, la pequeña se dejaba transportar por la música hasta que le dolían los dedos y su corazón se aquietaba un poco. Después se sentaba en silencio, observando la nieve que cubría los árboles cercanos, las montañas y los restos del teatro.

Aquel día fue diferente a todos. La niña estaba terminando su improvisado concierto cuando alguien se acercó por la espalda y se detuvo a escuchar. Ella no se dio cuenta, todos sus sentidos estaban concentrados en la música, su verdadera liberadora. Cuando la última nota voló por el viento frío del teatro, oyó una voz que le era familiar.

—Rachel.

La niña al principio se quedó paralizada, como si pensara que aquella voz había sonado en su cabeza, pero cuando su nombre surcó de nuevo el aire, se giró y la contempló sin atreverse a acercarse, como si estuviera viendo a un fantasma.

—¡Mamá! —gritó con la voz rota por las lágrimas. Dejó con cuidado el violín en el suelo y, ya libre de estorbos, se abalanzó sobre ella.

Durante unos minutos no dijeron nada, permitieron que sus brazos y rostros se fundieran; su fría piel se templó hasta casi arder. Después Chaja se agachó para ponerse a la altura de la niña, con los ojos anegados en lágrimas.

—Hija mía, estás bien, es un milagro. Dios mío, qué mayor te has hecho. ¿Por qué vas tan desabrigada y estás tan delgada?

—Estoy bien, mamá —dijo la pequeña, mientras su madre le abotonaba el abrigo y le limpiaba algunas manchas de la cara.

—Estoy bien —repitió Rachel.

La mujer se paró y la miró a los ojos: veía en ellos los de su padre. Sabía que Zelman jamás regresaría, que su pequeña ya no tenía padre, y eso hizo que las lágrimas regresaran de nuevo a sus ojos. Su exmarido era un buen hombre, trabajador y honrado, y no merecía morir como un vil delincuente.

Las dos se dirigieron de la mano hasta la casa de los Merland, y en cuanto la señora Merland vio a la mujer, supo lo que sucedía. Sabía que aquel día podía llegar, aunque se había hecho a la idea de que la niña se quedaría para siempre con ellos.

—Gracias —dijo Chaja a la señora, que se secaba las manos enjabonadas en el delantal.

—Cualquiera habría hecho lo mismo.

Chaja se acercó a ella y le ofreció sus manos, la mujer las tomó y notó que estaban ásperas y resecas por el trabajo duro.

—Gracias —repitió, y entonces algo se rompió entre ellas. Amaban a la misma niña cariñosa y dulce, las dos eran, en cierta manera, sus madres. Rachel las abrazó a las dos a la vez, y el tiempo transcurrió despacio, sin sobresaltos, dejando que los minutos sucedieran a las horas en una carencia armoniosa y rítmica que les recordó que aquello era la vida, tiempo en movimiento sazonado de amor y paz.

Epílogo

Lyon, 26 de agosto del 2012

Valérie Portheret miró a las autoridades y los supervivientes que habían acudido al acto de conmemoración. En aquella calle anodina de un viejo polígono industrial miles de personas había vivido un infierno.

Esperó a que terminara el acto para acercarse a una mujer mayor. A sus setenta y ocho años Rachel se conservaba bastante bien.

—Perdone que la importune, soy Valérie Portheret. Llevo veinte años investigado sobre lo que ocurrió aquella noche y los días siguientes.

La mujer le sonrió.

—No creo que pueda ayudarle mucho, he olvidado casi todo lo sucedido, creo que mi cabeza ha querido protegerme de todo aquel dolor y sufrimiento. Tenía ocho años cuando pasó todo.

—Lamento mucho lo que sucedió —dijo Valérie visiblemente emocionada.

—No lo lamente, querida. Aquello nos salvó la vida a todos. Una de las pocas cosas que recuerdo es cuando Lili Garel me salvó la vida.

Otras de las mujeres más mayores se acercaron a ellas.

—Mira, Lili, esta joven está estudiando lo que vivimos en mil novecientos cuarenta y dos.

A sus noventa y un años, Lili conservaba perfectamente la memoria y cierta agilidad en las piernas.

—A George le hubiera gustado conocerla. Él siempre hablaba de aquello, decía que fue una aventura de juventud. Así lo vivimos, creo que si hubiéramos sido más mayores no nos hubiéramos atrevido a tanto.

Valérie estaba sorprendida de ver a aquellas dos mujeres juntas después de tantos años. Desde el año 2003, se había empeñado en buscar a la mayor parte de los supervivientes, y aún le quedaban unos cuantos, pero Lili y Rachel eran dos de sus preferidas.

—¿Qué fue del viejo violín? —preguntó Valérie a Rachel.

Las arrugas del rostro de la mujer se tensaron con su sonrisa.

—Regresé a Bélgica con mi madre en mil novecientos cuarenta y cinco , y allí la vida era muy difícil: ella trabajaba como empleada de hogar y vivíamos en una pequeña habitación. A veces íbamos en verano a visitar la casa de mis padres adoptivos, los Merland. Continué tocando el violín, y en mil novecientos cuarenta y nueve emigré a Israel, donde me casé con Wolff Rajzman, y ayudé a fundar la gran orquesta de Tel Aviv. He sido muy feliz, he tenido una vida plena, y creo que he aprovechado la segunda oportunidad que me dieron Lili y la gente como ella. Siempre he guardado mi viejo violín, que un día pasará a manos de mi nieta y podrá recordar que yo volví a nacer una calurosa noche de agosto mientras una tormenta se desataba sobre nosotros, la peor de todas, la del odio que sacudió a Europa y el mundo entero. Espero que algo tan terrible no se vuelva a repetir.

Lili abrazó a Rachel, y las dos mujeres no pudieron evitar soltar alguna lágrima. Después dejaron unos claveles rojos sobre la placa conmemorativa y, tras despedirse de Valérie, se alejaron despacio hacia los coches.

Valérie guardó la cámara de fotos en la mochila. Ya no era la joven que había empezado con tanta pasión aquella investigación sobre los niños de Vénissieux, pero atesoraba en su corazón la larga lista de nombres, de vidas perdidas que habían encontrado de nuevo el camino a casa.

Aclaraciones históricas

La historia de Valérie Portheret es real: la descubrí leyendo el periódico *Le Monde*. Una historia que ha conmovido a la sociedad francesa y ha puesto en evidencia las trabas académicas y la oposición a la memoria en el país galo en los años noventa.

En el año 1992, Valérie Portheret quería convertirse en jueza. Había estudiado Derecho, pero le quedaba hacer el trabajo final de posgrado. Decidió dedicarlo a Klaus Barbie, el famoso «carnicero de Lyon», pero su investigación la llevó por otros derroteros. Al principio, sus profesores no querían que investigara ese tema, ya que la Universidad de Lyon III era un bastión antisemita que negaba el Holocausto, pero ella se decidió a hacerlo de todas formas con el apoyo del profesor Jean-Dominique Durand, quien se lo jugó todo por apoyarla. La joven eligió el tema del juicio de Klaus Barbie, el oficial nazi encargado de las deportaciones de judíos en Francia y que fue condenado a cadena perpetua.

Valérie descubrió la Asociación de Niños Ocultos

en el castillo de Peyrins, y el yerno le enseñó los registros de niños refugiados allí. No era sencillo distinguir entre los niños franceses y los nombres cambiados de los niños judíos, la mayoría de origen extranjero.

En una reunión de la LICRA (Liga Internacional contra el Racismo y el Antisemitismo) se encontró con un vecino, René Donot, que era miembro de la Resistencia y había escrito un pequeño folleto sobre los niños que había en el castillo.

Todos estos hechos son reales, aunque en algunos casos se ha cambiado el orden de los acontecimientos y las conversaciones son recreadas e imaginadas. Todo empieza en Lyon, el 26 de agosto de 1942, cuando Klaus Barbie, jefe de la Gestapo local, recibió la orden de deportar a todos los judíos de la región. Barbie y sus hombres buscaron a los judíos hasta en el último rincón.

Entre los niños de la lista había una niña llamada Eva Stein, que Valérie no encontró hasta 2018. Fue una de las últimas, después de haber buscado a los otros noventa y cinco niños de la lista; a los primeros noventa y tres los encontró en 1994 en la caja de Alianza de Israel, una organización francesa.

Aunque es cierto que Klaus Barbie ya estaba en la región, no tuvo plenos poderes para actuar en Lyon hasta el otoño de ese año, por lo que no pudo intervenir en la persecución de los ciento ocho niños. Sabemos que sí lo hizo en otros casos como el de los niños escondidos en la villa de Izieu. También fue acusado de numerosas torturas y violaciones. Apresado en

1987, después de vivir varias décadas en América, fue condenado a cadena perpetua, pero murió cuatro años más tarde de leucemia. Según la acusación había intervenido directa o indirectamente en la muerte unas 7.500 personas deportadas y la tortura de 14.311 miembros de la Resistencia.

Es cierto que Valérie se propuso encontrar a los ciento ocho niños, comenzando un largo viaje que duraría más de veinticinco años para devolver su identidad a aquellos niños y escuchar su historia. En 2003 descubrió ochenta y dos actas de delegación de paternidad a la membresía de Amistad Cristiana de los niños del campo de Vénissieux.

El caso del presbítero Alexandre Glasberg es también real. El hombre, que había visitado Alemania en los años treinta y había visto la situación de los judíos, hizo todo lo que estaba en su mano para liberar al mayor número de personas en Vénissieux. Glasberg fue designado por el cardenal Gerlier para cuidar a los refugiados que llegaban desde Europa, y creó varios lugares de acogida para las familias de los campos de Vichy. Cuando los alemanes quisieron llevarse a los judíos de Lyon, urdió un plan con Germaine Clément y ayudó a evitar que ciento ocho niños judíos fueran deportados, aunque el precio que tuvieron que pagar fue perder su identidad para siempre. Gracias a una orden dada por el Gobierno de Vichy de no deportar a los niños abandonados, sus familias tuvieron que renunciar a la patria potestad para salvar a sus hijos, sin saber que no los iban a ver nunca más.

A medida que Valérie fue encontrando a los niños durante veinticinco años, fue recomponiendo lo sucedido. Conoció la historia de muchas personas, como la de Ruth y su familia, quienes intentaron escapar de la redada de Lyon. Eran judíos checos que vivían en Francia desde 1938; los padres de Ruth se dedicaban a la fotografía. Una vecina los ocultó, pero otra, que odiaba a los judíos, los delató y acabaron en el campo de Vénissieux. Todos los datos son reales.

También la vida de Rachel Berkowicz está basada en hechos reales. Ella y su familia escaparon de Bélgica cuando llegaron los nazis, y se refugiaron cerca de Lyon. Su padre ya había abandonado antes Polonia.

Tras veinticinco años de búsqueda, Valérie leyó su tesis y encontró a todos los niños perdidos, aunque no pudo entrevistarse con todos.

Personajes como Gilbert Lesage, Alexandre Glasberg, el cardenal Pierre Gerlier, Elisabeth Hirsch o Lili Tager son reales, como muchos otros. Sirva esta novela para exaltar su gran labor humanitaria.

Testimonios escritos

Carta original del cardenal Gerlier

L'exécution des mesures de déportation qui se poursui-
vent actuellement contre les juifs donne lieu sur tout le
territoire à des scènes si douloureuses que nous avons
l'impérieux et pénible devoir d'élever la protestation
de notre conscience. Nous assistons à une dispersion
cruelle des familles où rien n'est épargné, ni l'âge, ni la
faiblesse, ni la maladie. Le cœur se serre à la pensée des
traitements subis par des milliers d'êtres humains et
plus encore en songeant à ceux qu'on peut prévoir.

Nous n'oublions pas qu'il y a pour l'autorité fran-
çaise un problème à résoudre, et nous mesurons les diffi-
cultés auxquelles doit faire face le gouvernement.

Mais qui voudrait reprocher à l'Église d'affirmer
hautement en cette heure sombre et en présence de ce qui
nous est imposé, les droits imprescriptibles de la personne
humaine, le caractère sacré des liens familiaux,
l'inviolabilité du droit d'asile et les exigences impérieu-
ses de cette charité fraternelle dont le Christ a fait la
marque distinctive de ses disciples ? C'est l'honneur de

la civilisation chrétienne, et ce doit être l'honneur de la France, de ne jamais abandonner de tels principes.

Ce n'est pas sur la violence et la haine qu'on pourra bâtir l'ordre nouveau. On ne le construira, et la paix avec lui, que dans le respect de la justice, dans l'union bienfaisante des esprits et des cœurs, à laquelle nous convie la grande voix du Maréchal, et où refleurira le séculaire prestige de notre patrie. Daigne Notre-Dame de Fourvière nous aider à en hâter le retour !

Nota original difundida por la Resistencia

VOUS N'AUREZ PAS LES ENFANTS
Sur l'ordre des Allemands, le préfet Angeli exige
qu'on lui livre cent soixante enfants juifs
de deux à seize ans.
Ces enfants ont été confiés
au cardinal Gerlier
par leurs parents que Vichy a déjà livrés à Hitler.
Le cardinal a déclaré au préfet :
« Vous n'aurez pas les enfants ».
Le conflit est ouvert, le conflit est public.
L'Église de France se dresse contre l'ignoble
Tartarin raciste.
Français de toutes opinions, de toutes croyances,
écoutez l'appel de vos consciences, ne laissez pas
livrer des innocents aux bourreaux.

LES MOUVEMENTS UNIS DE LA RÉSISTANCE

Cronología

1939

1 de septiembre. Alemania invade Polonia, estalla la Segunda Guerra Mundial.

3 de septiembre. Gran Bretaña, Francia, Australia y Nueva Zelanda declaran la guerra a Alemania.

17 de septiembre. La Unión Soviética invade Polonia.

27 de septiembre. Varsovia se rinde.

30 de noviembre. La Unión Soviética invade Finlandia.

1940

12 de marzo. Finlandia firma un tratado de paz con la Unión Soviética.

9 de abril. Alemania comienza la ocupación de Dinamarca e invade Noruega.

10 de mayo. Alemania invade Bélgica, Holanda y Luxemburgo.

10 de mayo. Neville Chamberlain, dimite y es sustituido por Winston Churchill.

15 de mayo. Holanda se rinde a Alemania.

26 de mayo. Evacuación de la Fuerza Expedicionaria Británica de Dunkerque.

27 de mayo. Bélgica se rinde a Alemania.

10 de junio. Capitulación de Noruega.

10 de junio. Italia declara la guerra a Gran Bretaña y Francia.

14 de junio. La Wehrmacht entra en París.

18 de junio. La Unión Soviética invade los países bálticos.

22 de junio. Francia firma un armisticio con Alemania.

30 de junio. Alemania comienza la ocupación de las islas del Canal de la Mancha.

10 de julio. Comienza la batalla de Inglaterra.

11 de julio. El mariscal Pétain es nombrado jefe del Gobierno de Vichy.

28 de octubre. Italia invade Grecia.

22 de noviembre. El 9.º Ejército italiano es derrotado por los griegos.

1941

30 de marzo. El Afrika Korps comienza su ofensiva en el norte de África.

4 de abril. Los alemanes capturan Benghazi.

6 de abril. Alemania invade Yugoslavia y Grecia.

13 de abril. Los soviéticos y los japoneses firman un Pacto de Neutralidad.

17 de abril. El ejército yugoslavo se rinde a los alemanes.

27 de abril. Los alemanes capturan Atenas.

20 de mayo. Comienza la invasión aerotransportada de Creta.

31 de mayo. Las fuerzas británicas en Creta son derrotadas por los alemanes.

8 de junio. Las fuerzas aliadas invaden Siria.

22 de junio. Comienza la Operación Barbarroja: Alemania invade la Unión Soviética.

28 de junio. El ejército alemán captura la ciudad bielorrusa de Minsk.

15 de julio. Los alemanes capturan Smolensk.

16 de agosto. Los alemanes capturan Novogrod.

15 de septiembre. Comienza el Sitio de Leningrado.

19 de septiembre. Los alemanes capturan Kiev.

3 de noviembre. Los alemanes capturan Kursk.

25 de noviembre. Los alemanes atacan Moscú.

5 de diciembre. Los alemanes detienen su ofensiva ante Moscú.

7 de diciembre. Los japoneses atacan la base estadounidense de Pearl Harbor.

7 de diciembre. Japón declara la guerra a Estados Unidos.

11 de diciembre. Alemania declara la guerra a Estados Unidos.

1942

13 de enero. Los soviéticos capturan de nuevo Kiev.

15 de febrero. Singapur cae en manos japonesas.

3 de julio. Sebastopol queda bajo control alemán.

26 de agosto. Redada de judíos en Lyon y sus alrededores.

27 de agosto. Llegan los prisioneros al campo de Vénissieux.

29 de agosto. Se liberan a los niños y los esconden en Lyon.

30 y 31 de agosto. Reparto de los niños por familias.

1 de septiembre. Carta pastoral del cardenal Gerlier para proteger a los niños judíos.

23 de octubre. Comienza la batalla de El Alamein.

8 de noviembre. Comienza la Operación Torch.

1943

14 de enero. Comienza la Conferencia de Casablanca.

28 de enero. El 8.º Ejército británico captura Trípoli.

31 de enero. Capitulación alemana en Stalingrado.

8 de febrero. Los soviéticos capturan de nuevo Kursk.

14 de febrero. Los soviéticos capturan de nuevo Rostov.

12 de mayo. Rendición de las fuerzas del Eje en el norte de África.

10 de julio. Operación Husky.

25 de julio. Derrocamiento del gobierno fascista italiano de Benito Mussolini.

3 de septiembre. Italia firma el armisticio.

10 de septiembre. Los alemanes ocupan Roma.

23 de septiembre. Mussolini declara la instauración de un gobierno fascista en el norte de Italia.

25 de septiembre. Los soviéticos recuperan Smolensko.

13 de octubre. El Gobierno oficial italiano declara la guerra a Alemania.

6 de noviembre. Los soviéticos capturan de nuevo Kiev.

1944

6 de enero. Los soviéticos consiguen avances en territorio polaco.

22 de enero. Los aliados desembarcan en Anzio.

27 de enero. Finaliza el Sitio de Leningrado.

19 de marzo. La Wehrmacht ocupa Hungría.

10 de abril. Los soviéticos capturan la ciudad de Odesa.

9 de mayo. Sebastopol cae en manos de los soviéticos.

4 de junio. Los aliados capturan Roma.

6 de junio. Comienza el desembarco de Normandía.

27 de junio. El ejército estadounidense captura Cherburgo.

3 de julio. Los soviéticos vuelven a recuperar el control de Minsk.

20 de julio. La Operación Valkyria fracasa.

25 de julio. Comienza la ofensiva aliada para romper las defensas alemanas en Normandía.

28 de julio. Los soviéticos toman Brest-Litovsk.

4 de agosto. Los aliados liberan Florencia.

15 de agosto. Desembarco aliado en el sur de Francia.

25 de agosto. Los aliados liberan París.

28 de agosto. Liberación de las ciudades de Marsella y Toulon.

31 de agosto. Los soviéticos se hacen con Bucarest, la capital de Rumanía.

2 de septiembre. Liberación de Pisa.

3 de septiembre. Liberación de las ciudades de Amberes y Bruselas.

3 de septiembre. Liberación de la ciudad de Lyon.

5 de septiembre. Los soviéticos declaran la guerra a Bulgaria.

22 de septiembre. Liberación de Boulogne.

28 de septiembre. Liberación de Calais.

Índice

PRIMERA PARTE
Un pequeño infierno

SEGUNDA PARTE
La hora más oscura

TERCERA PARTE
Rostros anónimos